Une semaine de vacances

Du même auteur

Les Petits, Flammarion, 2011 ; J'ai lu, 2012.

Le Marché des amants, Seuil, 2008 ; Points, 2009.

Rendez-vous, Flammarion, 2006 ; Folio, 2008.

Othoniel, Flammarion, 2006.

Une partie du cœur, Stock, 2004 ; Livre de poche, 2006.

Les Désaxés, Stock, 2004 ; Livre de poche, 2006.

Peau d'âne, Stock, 2003 ; Livre de poche, 2005.

Pourquoi le Brésil ?, Stock, 2002 ; Livre de poche, 2005.

Normalement suivi de *La Peur du lendemain*, Stock, 2001 ; Livre de poche, 2003.

Quitter la ville, Stock, 2000 ; Livre de poche, 2002.

L'Inceste, Stock, 1999, 2001 ; Livre de poche, 2007.

Sujet Angot, Fayard, 1998 ; Pocket, 2000.

L'Usage de la vie, incluant *Corps plongés dans un liquide*, *Même si*, *Nouvelle Vague*, Fayard, 1998.

Les Autres, Fayard, 1997 ; Pocket, 2000, Stock, 2001.

Interview, Fayard, 1995 ; Pocket, 1997.

Léonore, toujours, Gallimard, 1993 ; Fayard, 1997 ; Pocket, 2001 ; Seuil, 2010.

Not to be, Gallimard, 1991 ; Folio, 2000.

Vu du ciel, Gallimard, 1990 ; Folio, 2000.

Christine Angot

Une semaine
de vacances

Flammarion

© Christine Angot, Flammarion, 2012.
ISBN : 978-2-0812-8940-6

Il est assis sur la lunette en bois blanc des toilettes, la porte est restée entrouverte, il bande. Riant à l'intérieur de lui-même, il sort de son papier une tranche de jambon blanc qu'ils ont achetée à la supérette du village, et la place sur son sexe. Elle est dans le couloir, elle sort de la salle de bain, elle marche, elle prend la direction de la chambre pour aller s'habiller, il l'appelle, lui dit de pousser la porte.

— Tu as pris ton petit déjeuner ce matin ? Tu n'as pas faim ? Tu ne veux pas un peu de jambon ?

Elle s'agenouille devant lui, se met entre ses jambes qu'il a écartées pour la laisser s'installer, et elle saisit avec sa bouche un morceau de jambon, qu'elle mâche, puis qu'elle avale. Il remet le reste de la tranche dans le papier, et lui demande d'aller chercher des clémentines dans la cuisine, de caresser son sexe avec ses lèvres, puis de déposer des quartiers dessus, en équilibre, de venir les chercher en lissant son membre, et en faisant glisser la membrane de peau mobile si possible jusqu'à la garde, en tout cas le plus profondément possible. Parfois, il lui reproche d'avoir la bouche un peu trop petite. Il ne le lui reproche pas. Mais il s'étonne, il regrette. Il lui dit que c'est étrange, il lui demande de faire un effort, de ne surtout pas mettre les dents, que les femmes croient toujours que c'est excitant d'être mordillé, que ça ne l'est pas. Pendant qu'elle fait ce qu'il lui demande, il sourit, il reprend ses lunettes, qu'il avait enlevées et posées sur le dérouleur de papier hygiénique, il les reprend pour mieux profiter de la scène qui se trouve sous ses yeux, entre ses deux genoux écartés, il les ajuste sur son nez, pour bien voir les détails des lèvres serrant le goulot de la bouteille, avant de l'avaler plus loin, avec naturel, sans trop d'effort apparent, sans déformer les joues, mais quand même jusqu'à s'étouffer pour aller le plus loin possible comme il le lui demande, sans mettre les dents. Il lui dit de faire attention, car elle l'a mordillé, sans le faire exprès. Elle continue. Il lui dit de lever les yeux, juste un instant, et de le regarder. Il est entièrement nu, il n'a pas de chemise, pas de t-shirt, rien, juste son slip tombé au sol. Et ses chaussettes pour ne pas avoir froid aux pieds sur le carrelage. Il lui demande d'enlever la serviette qu'en sortant de la salle de bain elle a enroulée autour de sa taille, et son t-shirt. Elle dénoue la serviette, qui tombe par terre, l'utilise comme tapis de sol pour ses genoux, qu'elle soulève l'un après l'autre pour la glisser dessous. Il lui caresse les fesses, les pétrit un peu, puis retire lui-même le t-shirt jaune, qu'elle vient juste de mettre, il tire dessus pour le lui passer par la tête sans qu'elle arrête son mouvement, ou du moins le minimum de temps, celui de lever la tête et de laisser glisser le t-shirt par son cou, sans arrêter d'aller et venir avec ses lèvres sur son membre, sans relâcher la pression, il aime que la pression soit forte, l'étau serré, autour du membre en question. Elle lève ses bras qui étaient posés sur la lunette, et faisaient le tour de son corps à lui, de son bassin posé, et des cuisses écrasées sur le bord, il retire le vêtement jaune prestement, le jette par terre, au-delà de la porte grande ouverte sur le couloir, au loin, comme un étendard, qui atteint, tellement le lancer est dynamique, presque la porte d'entrée de la maison, qui se trouve en face des toilettes, et atterrit à quelques centimètres de la fente de la boîte aux lettres, à l'endroit où on entre chaussé, les pieds boueux vu l'état du sol à l'extérieur. Elle venait de l'enfiler, il est propre, elle vient de le sortir de sa valise. Il lui demande si elle peut passer sa main à l'intérieur de la cuvette, sans se faire mal au poignet, et saisir par en dessous ses testicules, qui pendent dans le vide, par-dessus l'eau dans laquelle il a uriné avant de l'appeler pour lui dire de pousser la porte.

Elle le fait, puis remet sa main en appui sur la lunette. Pour lui toucher les seins, il se penche, sa tête à elle se trouve prise entre ses cuisses, et son torse penché en avant, qui lui coince le sommet du crâne contre le ventre, sur lequel elle bute quand elle avance la tête pour arriver à le sucer le plus possible jusqu'à la garde comme il le demande. Il lui parle de ses deux gros pamplemousses, il lui dit qu'il les préfère aux petits citrons de sa femme, mais que d'un autre côté ça peut être émouvant aussi des tout petits seins, comme ceux de sa maîtresse qui est étudiante à Sciences po, par exemple. L'étudiante en question s'appelle Marianne. Il la voit très régulièrement, il parle souvent d'elle. Tout ce qu'il en dit, quasiment tout ce qu'il en dit, est positif. À propos de sa femme c'est plus variable, il dit qu'elle a un grand nez, un visage assez long, un peu taillé au couteau, mais qu'elle a de belles fesses. En revanche, quand il parle de son sexe il prend des mines dégoûtées. Il dit que ça sent le poisson pourri, que c'est insupportable. Il lui parle aussi d'une certaine Frida, qui avait elle aussi des pamplemousses comme seins, mais moins fermes, moins bons à palper. Il parle en lui démontrant, par ses doigts dans sa chair, combien il apprécie l'élasticité de la matière qu'il est en train d'estimer. Elle le sent bander encore plus dans sa bouche. Ça n'arrange pas les crampes dans ses joues, et plus particulièrement dans les maxillaires, là où l'articulation est sollicitée. Lui malaxe, palpe ses seins, quand il titille le bout, ça la gêne, ça la déconcentre, elle voudrait qu'il arrête. Elle ne s'interrompt pas pour libérer sa bouche, et dire que ça la dérange, elle continue, elle pense qu'il va de toute façon vite revenir vers la partie pleine des seins, pour les reprendre à pleines mains, et que ce n'est donc pas la peine d'arrêter de le sucer pour recommencer quelques secondes après, en ayant fait ralentir le processus général, et peut-être compromis la finalité. De toute façon il va probablement arrêter de lui toucher les seins, parce que ça l'oblige à se pencher vers l'avant pour les atteindre, à se plier, et comme il est assis sur la lunette, et qu'elle est agenouillée entre ses jambes sur le carrelage, ça l'oblige à rester courbé trop longtemps, il ne va sûrement pas rester comme ça, à lui coincer le sommet du crâne avec son ventre qui avance, ce qui restreint la liberté de mouvements sur son membre. L'amplitude du moins. Dans peu de temps, ça va lui tirer dans le bas des reins, et il va se reculer pour se reposer vers l'arrière, sûrement même il s'adossera au couvercle de la lunette qui à la fois sert de dossier et protège du contact avec la faïence du réservoir.

13

Quoique, il a l'air de tenir. Il est toujours plié en deux, les bras ballants, qui passent par-dessus la lunette en bois blanc, pour atteindre ses seins, bien ronds, bien fermes, bien gonflés, avec le petit bout encore durci par le jet d'eau froide par lequel elle a terminé sa douche comme toujours, durci forcément un peu aussi par les caresses, de manière mécanique, automatique, anatomique, réflexe, comme si quelqu'un était en train de pincer le bout de son sein comme on presse sur un bouton électrique et que le courant répondait. Comme elle s'y attendait il arrête d'en titiller le bout, et place les globes dans ses paumes comme s'il les soupesait. Il dit « tu crois que ça se vendrait bien au marché des gros pamplemousses comme ça ? Continue. Surtout ne me réponds pas, continue. Continue, ne t'arrête surtout pas, c'est très très bon, continue. Ne t'arrête pas. Tu le fais très bien. Tu es douée. Encore s'il te plaît. C'est bien. C'est bon. Continue. C'est

14

bien. Tu aimes ? Ne me réponds surtout pas. Surtout ne dis rien. Fais-moi
un signe, bouge la main si c'est oui. Si
tu aimes tu agites la main. Tu lèves
juste la main. Lève-la s'il te plaît. Si
tu aimes lève-la. Tu aimes ? Tu la
lèves là ? » Elle retire sa main gauche du
bord de la lunette en bois, sur laquelle
elle était posée, et qui l'aidait à tenir en
équilibre sur ses genoux, grâce à la
symétrie avec sa main droite posée de
l'autre côté, malgré le basculement vers
l'avant, et le peu de stabilité de la position d'ensemble, puisque son buste doit
s'avancer le plus possible vers le bord de
la cuvette de façon à ce que la bouche
arrive à contenir la longueur de
membre maximum, tout en restant
douce, sans mettre les dents, le plus
possible jusqu'à la garde, et en utilisant
sa langue à l'intérieur de sa bouche,
pour faire des caresses supplémentaires,
et tourner autour du membre comme
un drapeau qui vole autour de sa
hampe. Lever la main gauche la désé-

quilibre un peu, elle compense en serrant un peu plus les muscles des fesses, en contractant les cuisses, ce qui lui permet de ne pas basculer sur la droite, de ne pas être déportée par le poids de son épaule vers le côté où la main est restée accrochée au bord en bois blanc de la lunette, sous ses fesses à lui. Une fois qu'elle a fait le signe, elle repose sa main gauche, et se réaccroche solidement, par les deux mains, de chaque côté de la lunette, en repliant les doigts fermement autour de la planche en bois blanc qui fait le tour de la cuvette et sert aussi de repos à ses fesses à lui, sous lesquelles elle coince le bord intérieur de ses mains pour les empêcher de glisser sur le bois, et pour qu'elles restent au contraire scotchées à la lunette par l'effet caoutchouteux de la chair de ses paumes, un peu moites, qui font ventouse depuis le temps qu'elles sont collées, sur la boiserie, coincées en partie sous le bord extérieur de ses cuisses à lui qui servent de poids pour les empêcher

16

de glisser, d'adhésif, et en partie agrip-
pées ou simplement posées sur le bois
blanc pour ce qui est du bord extérieur
de ses mains. Quant au bout de ses
doigts, il est replié, et en fonction de ses
mouvements à lui, qui ne sont ni fixes
ni déterminés mais dépendants de ce
que ses mains veulent caresser et comment, les jointures de ses phalanges à
elle peuvent se cogner à la dureté du
rabat, à cette limite, le heurter légèrement, à peine, tout au moins tant que
lui est penché en avant. Quand il va se
redresser pour s'adosser, parce qu'il
finira par sentir le bas de son dos qui
tire, et qu'il se servira du rabat comme
dossier, parce qu'il aura décidé de se
reculer, à ce moment-là elle risque
d'avoir les mains un peu écrasées, mais
il suffira alors qu'elle les décale sur le
côté. Pour l'instant, ce n'est pas le cas.
Il est toujours penché en avant, en
train, soit de soupeser le sein qu'il a
dans la main, et qu'il fait sauter, dans le
creux de sa paume, comme une boule

de pâte qui ne collerait pas aux mains, comme s'il faisait légèrement sauter les seins à l'intérieur, comme des balles de tennis, ou de jonglage, ou comme des melons, l'été, comme le font les gens au marché pour choisir celui qu'ils vont prendre, d'après son poids, considérant que plus il est lourd plus il a la réputation d'être bon, contrairement à ceux qui mettent leur nez dessus se fiant au parfum qu'ils respirent, et à ceux qui tirent sur la queue pour voir si elle est prête à tomber, concluant que le fruit est mûr selon qu'elle se détache de l'écorce ou non, si elle se détache quand ils tirent dessus le melon est mûr et prêt à être consommé. Il soupèse un sein, puis l'autre, les deux alternativement, les faisant sauter dans sa main, comme on soupèserait une pelote de laine, pour en éprouver la rondeur, puis, enfonçant les doigts dans l'écheveau lui-même, la douceur des fils, dans les intervalles d'un doigt à l'autre et à la pliure, en les faisant glisser savoureusement entre eux, pour vérifier sur la peau l'harmonie des couleurs. Il s'arrête une seconde. Pour prendre du papier hygiénique dans le dérouleur, et éponger un peu d'eau qui restait sous ses seins et qu'elle avait peut-être mal essuyés. Soit, comme dans la laine, il enfonce ses doigts dans la chair malléable, qui se déforme sans résistance, selon la pression qu'il y met, et les zones que ses mains choisissent de faire jouer, puis pressent, font trembloter, rendant les contours du globe, le galbe, la ligne, aussi incertains que des petits dômes de gelée renversés, de flan, de gâteau à peine cuit. Il soupèse, soulève, malaxe, puis tire un peu dessus. « Ça fait mal ? » Il tire un peu plus fort. « Si ça fait mal, fais-moi un signe avec la main droite, la main droite ça veut dire "c'est un peu désagréable", la main gauche ça veut dire "c'est bon tu ne me fais pas mal." D'accord ? » Il tire sur un sein puis sur l'autre. Puis sur les deux en même temps. Puis il re-malaxe, puis re-soupèse. « Humm. » Elle s'arrête une

seconde. Elle reprend son souffle.
« Continue je t'en prie, continue continue, surtout continue. » Elle retire un
poil sur sa langue. Le plus vite possible.
Elle reprend. Il avance son sexe un peu
plus loin dans sa bouche. « Oui oui oui,
comme ça, continue, c'est bon, tu le
fais bien. Continue. Tu le fais bien.
C'est très bon. Tu le fais aussi bien que
Marianne maintenant, tu le fais vraiment bien. Tu le fais bien tu sais. Ils
sont bons ces gros seins. Ils sont beaux.
Pourquoi tu mets toujours ces grands
pulls ? Tu as un beau corps. Tu es une
jolie femme tu sais. » Il malaxe, et puis
tout d'un coup il se penche un peu
plus. Ses épaules se baissent encore. Il
fait tomber ses bras, son ventre avance
encore, et son dos se courbe un peu
plus, sans égard pour les reins qui
d'habitude tirent quand il les sollicite, il
se plie, se courbe, il lui enserre la tête
entre son ventre et ses cuisses, l'encadre,
pour descendre sa main sous ses seins,
plus bas, sur son ventre à elle, dont il

attrape des plis, puis qu'il relâche, il caresse la peau autour du nombril, avant de descendre encore, et de lui enfoncer un doigt dans le vagin. Il se redresse tout de suite après, parce que là c'est trop loin. Ça tire sur ses reins. Il a lâché ses seins pour soulager ses reins qui le tirent trop quand il se penche en avant trop longtemps. Il bascule en arrière, se replace en appui sur le couvercle levé de la lunette, ferme les yeux, met sa main sur sa tête à elle, petite boule brune ébouriffée entre ses deux jambes, infiltre ses doigts dans ses cheveux, elle a une mèche de cheveux coincée dans la commissure, prise entre ses lèvres, il la lui retire de la bouche, repose sa main sur le sommet de son crâne, froisse ses cheveux sous sa paume, châtains, fins, les mêle, les entremêle, les embrasse, puis appuie sur le sommet du crâne pour qu'elle enfonce un peu plus. « S'il te plaît. » Puis, « bon, est-ce qu'on pourrait essayer de faire quelque chose ? On ne va pas passer toute la journée dans les toilettes. Il faudrait qu'on se déplace dans la chambre, mais sans que tu t'arrêtes. Tu veux bien ? Viens, on essaye. C'est tout près. Le lit est juste là. On a deux mètres à faire. Allez viens. » Il la prend sous les épaules, par les aisselles, place ses deux mains sous ses bras, comme des béquilles, pour l'empêcher de tomber, tout en contrôlant le fait qu'elle n'enlève pas sa bouche de là où elle est toujours. Ses lèvres perdent cependant le contact avec une partie du membre, glissent, partent vers l'arrière, pendant qu'elle reprend son équilibre sur ses jambes maintenant accroupies. Elle n'est plus à genoux sur la serviette. Elle a posé sur le sol la plante de ses pieds, l'un après l'autre, ses lèvres entourent juste le gland, le haut du sexe, mais elle est quand même toujours en train de faire ce qu'il lui demande, ne pas interrompre le contact était l'essentiel, comme une masseuse qui se déplace autour d'un corps, pendant toute la durée d'un massage, sans interrompre le contact entre les deux peaux, celle de sa paume et celle de la personne allongée qu'elle est en train de masser, même pour passer d'un côté à l'autre du corps, d'un bras à l'autre, d'une jambe à l'autre, même pour faire le tour de la table de massage, une main reste aplatie entre les omo-plates, ou sur le ventre, selon la position de la personne, pour ne pas casser, ni perturber la prise de contact, et ne pas reconstituer l'isolement du corps, même quelques secondes. Il se lève tout doucement de la lunette. Ses cuisses se décollent du tour en bois blanc, ses chaussettes glissent sur le carrelage, tout doucement, pour lui permettre à elle de se déplacer en même temps, que lui qui marche à pas lents mais debout, pen-dant qu'elle avance sur le sol tout en res-tant accroupie avec cette sorte de tétine qu'elle ne doit pas lâcher et qui la rac-croche au bas de son corps à lui, elle se déplace comme un canard, accroupie, entre ses deux jambes à lui, la bouche vissée autour du gland, avançant centimètre par centimètre jusqu'à la porte de la chambre, qui se trouve juste à côté des toilettes. Ils passent de profil, pour qu'aucun des deux ne soit obligé d'aller à reculons dans cet attelage déjà risqué. Les petits carreaux gris et noirs du carrelage font place aux tomettes rouges de la chambre, juste après le passage de la frontière matérialisée par le chambranle. Les tomettes sur lesquelles il glisse avec ses chaussettes, et qu'elle martèle en boitillant lentement, en canard, se trouvent bientôt couvertes, par la descente de lit située à l'abord immédiat du but du déplacement. Elles sont d'un rouge profond, plus ou moins en forme de losange, un peu chantournées, un peu rustiques, ou romantiques, un peu comme deux fleurs de lys collées entre elles par la base. La chambre donne sur un jardin, mais les rideaux sont encore à demi tirés par-dessus les voilages. Les voilages sont un peu gris. L'après-midi, les rideaux, jaune et marron, seront ramenés vers l'extérieur, pincés par une embrasse du même tissu. Il y a une grande armoire en bois foncé, à l'intérieur de laquelle ils ont disposé leurs affaires sur des étagères. Elle est grande ouverte, c'est le matin, ils étaient en train de s'habiller. Sur son étage à lui, il y a un pantalon Lacoste à carreaux, malgré la saison, novembre, un autre en velours beige, côtelé, un pantalon classique, gris, en flanelle, deux ou trois pulls, des chemises bleu clair, des polos de couleur, des chaussettes enroulées sur elles-mêmes, comme le poing d'une main, et des slips blancs, posés à côté. À l'étage du dessous, il y a ses affaires à elle, il y a un jean, une chemise indienne blanche avec une broderie bordeaux, un pull à col roulé de couleur rouille, un vert assez large, qu'elle porte avec un t-shirt à manches longues dessous, et un pull jacquard beige et rouge, épais. Ainsi qu'un sac en plastique où sont rangés ses sous-vêtements. Face à l'armoire, est posé son sac de voyage à lui, contre le mur, près de la fenêtre qui donne sur le jardin, et juste à côté de ce sac, sur un petit secrétaire, des Guide Michelin, trois Guide Verts, celui de l'Isère, celui de l'Italie du Nord, celui du Languedoc, et, ouvert à la page du restaurant qu'il a réservé la veille marquée par un ruban de la même couleur, le Guide Rouge, qu'il emporte partout, et qui lui permettra pendant leur séjour de ne pas entrer dans n'importe quelle gargote. Il lui dit qu'il va s'allonger, qu'elle n'a qu'à suivre son mouvement, qu'ils sont en train d'y arriver. Qu'elle maintienne bien sa position, et qu'elle laisse ses lèvres là où elles sont. Ils y sont presque. Elle ouvre quand même la bouche deux secondes. Le déplacement l'a fait de toute façon un peu débander. Il faudra recommencer. Elle reste avec les lèvres pincées sur la hampe, mais moins serrées. Il ne dit rien, les positions sont compliquées, il s'assoit sur le matelas, puis s'allonge, en la saisissant

26

bien sous les bras pour l'aider à se his-
ser. Il rampe sur le dos vers le milieu du
lit. Elle se laisse tracter. Elle replante sa
bouche jusqu'à la garde, il rebande. Il
lui propose alors de faire quelque chose
qu'ils n'ont jamais fait. « Tu veux bien ? »
Puisqu'ils en sont aux tentatives. « Tu
vas voir c'est très bon, tu vas aimer.
C'est pour toi. Pour ton plaisir. » Il lui
dit de tourner sur elle-même pour se
mettre dans l'autre sens. Dans le sens
inverse du lit, la tête vers la fenêtre et
les pieds vers le mur. Les lèvres, bien
sûr, toujours serrées autour du goulot
de son sexe, mais en sens inverse, en
sens inverse de lui, pour qu'ils soient
tête-bêche, qu'elle ait ses fesses au
niveau de son menton à lui à peu près.
Il lui dit qu'elle ne s'inquiète pas,
qu'elle va comprendre, qu'il va lui
expliquer. Et que c'est très agréable.
Elle va voir. Qu'elle est très belle, avec
ses gros seins en train de ballotter pendant qu'elle pivote autour de son sexe
sans le lâcher. Elle se met comme il le

demande dans le sens inverse du lit, la tête vers la fenêtre, et les pieds à la tête du lit. À quatre pattes au-dessus de lui d'abord, puis à plat. Il dit qu'il la voit bien comme ça. Que ses fesses sont magnifiques. Que ses deux gros pamplemousses sont en train de chatouiller sa poitrine. « Humm. » Il lui dit que oui c'est ça. Que sa tête doit se trouver dans la direction du jardin, qu'elle pourra même regarder le paysage. En tournevirant, son regard balaye ce qui entoure le lit. Elle aperçoit, sur sa table de nuit à elle, le livre qu'elle est en train de lire, que lui ne connaît pas, il n'en a jamais entendu parler, c'est un livre de Gilbert Cesbron, il lui a promis de le lire, de lui dire après ce qu'il en pense, puisqu'elle aime tous les livres de cet auteur, qu'elle en a lu plusieurs, elle a été chercher celui-là à la bibliothèque avant de partir. Elle a aussi apporté un livre des *Six Compagnons*, qu'elle n'a pas encore commencé et qu'elle a eu pour son anniversaire, qui tombe dans la semaine. De son côté, sur sa table de nuit à lui, il y a des livres en langues étrangères, un en allemand, un en italien, un en français, et *Le Monde* de la veille, froissé, ainsi que son paquet de cigarettes, à l'intérieur duquel il a glissé un briquet. Ça ne se voit pas, mais dans le tiroir de sa table de nuit il y a aussi un tube de vaseline, ils sont allés l'acheter à Grenoble, dans une pharmacie, la veille, en même temps que *Le Monde*, il en a profité pour faire un tour dans la grande librairie de la ville. En lui recommandant de faire comme lui, de bien regarder les livres, de s'intéresser à ce qu'il y avait autour d'elle. Mais elle s'est ennuyée. Quand il l'emmène dans les librairies, elle est fière de faire partie des gens qui y sont, mais elle ne sait pas quoi regarder ni comment se comporter. Elle est là, elle le regarde lui, elle cherche quelle attitude adopter, comme ils restent longtemps, au bout d'un moment elle n'en peut plus. Elle prend des livres, les ouvre, regarde les premières pages. Il arrive un moment où elle ne sait plus quoi regarder. Elle cherche une marche ou un tabouret pour s'asseoir, elle regarde les allées et venues, elle regarde surtout ce qu'il fait lui, comment il fait, ce qu'il dit aux libraires, elle écoute les questions qu'il pose. Il monte sur les échelles, il demande des choses, il s'étonne qu'ils n'aient pas tel titre dans telle édition, il repart avec une bonne quinzaine de livres, chaque fois. Même s'ils y vont tous les jours. À peine sorti de la librairie, il les sort de leur sac pour les regarder encore. Il y en a toujours au moins un pour elle. La fois d'avant il lui a acheté *Ivanhoé*, parce qu'elle ne l'avait jamais lu, et qu'après il serait trop tard, ça ne l'intéresserait plus. La veille il lui a pris un petit livre court de Thomas Mann, en allemand, pour qu'elle prenne l'habitude de lire en version originale, *Sang réservé*. Et un livre de Robbe-Grillet, qui vient de sortir, qu'il a déjà, mais qu'il a acheté pour elle, le sien est chez lui. Ensuite ils sont allés prendre *Le Monde* dans un kiosque, juste avant d'entrer dans un restaurant qu'il avait repéré dans le guide avant de venir, quand il a décidé de passer les vacances de la Toussaint en Isère. Pour finir, avant de reprendre la voiture pour rentrer, il s'est arrêté dans une pharmacie pour prendre de la vaseline. Elle l'a attendu dans la voiture sur le parking. Il a une grosse voiture, une 604 Peugeot, il y a un allume-cigare à l'intérieur. Ça l'impressionne. Avant il avait une CX, et encore avant, la première fois qu'elle l'a vu c'était ce qu'il avait, une DS. Il change de voiture tous les ans. Il aime Citroën. Sa mère à elle a une 4 L, elle l'a depuis dix ans, au point que de l'herbe pousse sur la rainure de la fenêtre côté passager, quand elle ouvre sa vitre, sur le caoutchouc de la glissière, elle voit des brins d'herbe, c'est elle qui sert de copilote à sa mère, c'est sa place, celle à côté du chauffeur, quand elles font de la route toutes les

31

deux, elle a pour mission de lire les panneaux, les cartes dépliées sur ses genoux, et de la guider, même pour lire des panneaux de signalisation, sa mère manque de confiance en elle, elle panique dès qu'un carrefour approche, a peur de ne pas trouver la bonne direction, souvent en effet elle se trompe. Puis il est revenu de la pharmacie. Il a posé le petit paquet que lui a donné la pharmacienne sur la banquette arrière, et il a démarré la 604, pour retourner dans le village dans lequel ils sont pour la semaine. Elle n'aime pas l'odeur de la cigarette dans la voiture. Ça lui donne mal au cœur. Mais elle aime qu'il y ait un allume-cigare sur le tableau de bord. Parfois, c'est elle qui appuie dessus. Il y a aussi une radiocassette. Il a deux cassettes enregistrées dans la boîte à gants. L'adagio d'Albinoni et une de Mozart. C'est sa femme qui les a achetées, lui n'écoute jamais de musique. Il n'aime pas la musique. Il trouve que ça gêne. Que c'est une servitude. Parce que,

quand on en écoute, on est obligé
d'entendre le morceau sans l'interrompre, alors que quand on lit un livre,
on peut le lire dans le désordre, sauter
des pages, que la liberté est totale. Il
aime cette liberté et ne supporte pas
d'en être privé. Ensuite ils ont roulé
dans la vallée, avec l'adagio d'Albinoni
en fond sonore. Il lui a dit comment on
appelait les deux versants d'une montagne, en les désignant, de chaque côté
de la route. Puis il a détaché son pantalon. Tout en conduisant, il a sorti son
sexe de son slip, qui pointait hors de la
flanelle grise, et lui a dit qu'elle serait
très gentille de l'embrasser pendant
qu'il conduit. Elle a cherché une position pas trop inconfortable, pour pouvoir plonger par-dessus le boîtier de
vitesses, sans le recouvrir entièrement
pour que sa main droite à lui puisse
accéder au levier, et que la conduite soit
sans risque. Elle a coincé une de ses
mains dans la ceinture du pantalon, et
l'autre sous la cuisse entre le tissu et le

siège en cuir, après avoir introduit le membre à l'intérieur de sa bouche. Elle s'est débrouillée pour faire, sans mettre les dents, les mouvements qu'il aime, sans se cogner dans le volant. Elle ne voyait rien de ce qui se passait. Elle entendait la musique. Se savait entourée de montagnes. Avec sa main libre, il a baissé son pantalon à elle, pour dénuder ses fesses posées sur l'autre siège. Dans la chambre, elle s'est mise à l'envers du lit. Tête-bêche par rapport à lui, elle place son corps comme il le lui demande. Elle pose ses genoux de part et d'autre de son torse à lui, après avoir pivoté sur elle-même sans lâcher son sexe, comme il le lui a demandé. Sa tête est dans la direction de la fenêtre, mais elle ne voit pas dehors parce qu'elle continue de sucer, et d'enfoncer le plus loin possible vers le fond de sa gorge, sans mettre les dents, sans mordiller, en serrant bien fort ses lèvres autour du membre, tout en faisant glisser le prépuce sur lui-même comme un tissu fin, un voilage léger, ou un bas qui plisse sur une jambe, une petite jambe courte, sur laquelle un bas d'une finesse incroyable, mais indestructible et qui ne filerait pas, s'enroulerait. Les pointes de ses cheveux sont encore un peu humides, fouettent sa peau à chaque balayage, ça lui fait sur les épaules des toutes petites marques rouges, à force, comme des petits coups de fouet infimes. La prochaine fois, quand elle prendra sa douche dans cette salle de bain, elle relèvera ses cheveux avec une barrette, elle n'a pas l'habitude de se doucher sous un pommeau fixe, elle n'a pas fait attention, elle n'y a pas pensé, et les mèches qui tombaient sur les épaules se sont retrouvées mouillées, le bout, la pointe, et maintenant ça lui raye l'épaule à chaque voyage. Ce n'est pas grand-chose, mais comme ça se répète à chaque mouvement de piston de sa tête, elle a l'impression que chaque passage fait une entaille sur sa peau. Et ça l'énerve, ça la gêne, ces petits balais de pointes de cheveux trempés, qui la rayent à chaque trajet, comme sur un pare-brise les passages de l'essuie-glace. Elle ne peut pas aller chercher une barrette maintenant, elle supporte ce balayage constant qui finit par lui faire l'effet d'une lame de rasoir, intensifiant ces petites lignes rouges à l'aplomb des oreilles à chaque aller et retour. « Tu vas voir, tu vas aimer. » Il lui dit de rapprocher son bassin de son menton, de ne pas avoir peur de l'écraser, au contraire, que plus elle sera basse mieux ce sera. Dans cette position-là il va la lécher, lui aussi, ils vont donc se lécher tous les deux en même temps, réciproquement, tout en étant corps à corps, en même temps qu'elle le sucera elle sera sucée, et en même temps qu'il sera sucé il la sucera. Il lui précise qu'on appelle ça un 69, pour la forme des deux chiffres qui se complètent en se renversant. Il faut qu'elle mette ses deux pieds de chaque côté de sa tête à lui. Il saisit ses deux chevilles. Mais en lâche une, un instant, pour tirer l'oreiller vers lui, et le bloquer un peu mieux sous sa nuque, de façon à avoir la tête légèrement relevée. Son visage est face à sa vulve, les poils pubiens sont à quelques centimètres de son cou, et ses fesses à portée de main. Il admire le dessin des petites lèvres, toutes fines, bordées par les grandes, qui en les protégeant attirent à elles. Avant d'y mettre les lèvres, il hume son sexe, puis reprend un peu de recul et regarde de nouveau ce qu'il a sous les yeux avant de prendre une inspiration profonde et bien imprégner son souvenir de l'odeur qu'il respire. « Humm. » Elle a froid. Il replie un pan du drap sur elle. Il lui tient toujours une cheville, l'oreiller est maintenant en place, avec l'autre main il pétrit ses deux fesses, chacune leur tour, comme s'il poursuivait un but précis qui requérait que soit respectée une certaine symétrie. Tout en avançant ses lèvres vers la fente, il met le bout de sa langue en pointe, et la glisse dans l'entrée du vagin. Il commence à nettoyer les parois de l'ouverture, avant de reculer le petit muscle agile pour lui faire lécher tout le pourtour des lèvres à l'extérieur, en prenant soin dans un premier temps d'éviter le clitoris. Ce qui l'intéresse, c'est de l'humidifier, pour ensuite, mais après, plonger ses doigts, un, deux, trois, puis quatre, dans la cavité, avant de se redéplacer pour jouir dans sa bouche, puis éventuellement dans son anus, on verra, et le plus loin possible. L'entrée de l'anus est difficile car l'accès n'est pas formé et elle hurle chaque fois qu'il insiste, ce n'est pas ce qu'il veut. Il a essayé la veille, et a dû renoncer sans être parvenu à faire entrer son pénis au-delà du gland ou à peine. Il y a un accord entre eux. Il a accepté de ne pas la déflorer. Il a dit qu'il n'entrerait dans son vagin qu'après qu'un autre homme l'aurait fait. Il n'emploie jamais, jamais jamais jamais, de mot vulgaire. Un jour qu'elle lui disait à propos de quelqu'un que c'était un con, il a grimacé. Il condamne toute vulgarité, et, de manière générale, tout usage de la langue qui n'est adapté ni à l'image de soi qu'on veut donner ni à la réalité. Il lui a demandé, sur un ton sec, si elle connaissait le sens premier du mot qu'elle venait d'employer. Elle ne le connaissait pas. Il lui a indiqué que c'était le vagin. Que déconner voulait dire sortir du con. Que quand on dit de quelqu'un qu'il est con ça veut dire qu'il est aussi stupide que le vagin d'une femme. Qu'elle, qui est une femme, est ridicule quand elle l'utilise. Qu'employer ce mot dans ce sens-là, c'est parler contre les femmes. Qu'elle doit se méfier des hommes qui l'emploient dans ce sens, et qu'il regrette que cet usage ait rendu compliquée l'utilisation du mot « con » dans son sens premier, alors que c'était le mot courant, et qu'on n'a plus maintenant pour désigner le sexe d'une femme que des mots savants, médicaux, froids, ou à l'inverse orduriers. Puisque le mot usuel a été dévoyé. Cela précisé, il commence à travailler le clitoris, sans aller directement sur le point, il lèche le tour, la base, l'environnement, pour que des ondes favorables commencent à se diffuser. Son membre est bandé au maximum. Il triture encore ses fesses. En la complimentant. Avec ses deux mains il masse et palpe, en lui disant qu'elles sont belles. Il lui dit qu'elle peut arrêter de le sucer. Que c'était très bon, qu'elle est douée. « Merci. C'était très bon. Tu n'as pas une grande bouche mais elle est bonne, elle est douce, elle est soyeuse. » Il lui propose de se translater juste à côté, sur le matelas, pour que lui puisse se dégager, et il lui demande de rester dans la même position, à plat ventre. Elle ne veut pas. Elle lui propose de continuer à le sucer jusqu'à le faire éjaculer, s'il veut. Elle préfère ne pas se mettre à plat ventre sur le lit. Il lui dit que c'est juste pour caresser ses fesses, qui sont si belles. Que ça lui fait envie depuis tout à l'heure, depuis que ses belles hanches sont étalées sur sa poitrine. Il veut qu'elle soit à plat ventre sur le matelas, et lui s'assiéra sur ses cuisses, pour voir mieux ses fesses, en surplomb, plutôt que de les avoir directement sur sa poitrine, sans pouvoir vraiment les regarder, par manque de recul. Il explique que les avoir tout près de son visage lui plaît, qu'il a une vue parfaite du dessous, que les deux globes étalés sont bien ouverts, que ça lui donne envie de les voir différemment, car il aime aussi leur partie charnue. Il lui dit que ça va être très doux. Et qu'il n'a jamais rien fait, de toute façon, qu'elle ne veuille pas. Qu'elle le sait. Elle quitte la position dans laquelle elle était, à califourchon sur son ventre, le bassin écrasé sur sa poitrine, les jambes écartées de chaque côté de son visage, avec l'entrejambe collé à son menton. Elle se libère de cette position, et libère sa bouche. Elle commence à translater son corps. Avant qu'elle se mette en position, il lui dit de s'asseoir face à lui un instant, pendant qu'il bouge pour s'asseoir lui aussi, et de faire le tour de son corps à lui avec ses jambes repliées, comme si elle était en tailleur, mais en l'entourant, ses pieds se rejoignant dans son dos. Il est assis sur le lit, elle s'assoit en face, faisant se rejoindre ses orteils derrière ses fesses à lui. Il baisse ses yeux et admire ses seins avant de les toucher. Puis il prend une poignée de chair, une autre dans l'autre main, et lui tire sur les seins en lui demandant ce que ça lui fait. Si c'est agréable ou désagréable. Elle dit que ça ne fait rien de spécial, que ça tire un peu. Il lui demande si elle aime être une femme. Elle bredouille. Puis ajoute qu'elle ne peut pas comparer. Que n'étant pas un homme, elle ne peut pas savoir ce que ça lui ferait. Il tire sur le sein droit, il met sa bouche sur le gauche, il malaxe le droit, il change sa bouche de sein, il remonte vers son visage, ouvre ses lèvres avec les siennes, tartine de salive le pourtour, les lèvres, le nez, le menton, elle a de la salive sur tout le tour de la bouche. Il lui dit « dis-moi "je t'aime" ». Elle le dit. Il lui dit « redis-le, dis-le encore si tu veux bien c'est bon, c'est doux ». Elle le redit. Il lui dit « dis-moi "je t'aime papa" ». Elle le dit. « Encore. » Elle le redit. Il regarde ses seins. Il lui dit qu'ils sont beaux. Très beaux. Il les soupèse. Il lui dit que Marianne a des tout petits seins, mais qu'ils sont très émouvants. Ils sont presque inexistants, avec une longue pointe qui se dresse au milieu, toute dure et proéminente. Il lui dit que c'est très émouvant, et très excitant quand même. Qu'ils sont même plus petits que des citrons, mais excitants. Juste avant de partir, il est allé la voir dans sa chambre, à la cité universitaire de Sciences po. Et ils ont passé la nuit dans son tout petit lit. Il lui explique que Marianne est une fille très libre. Qu'elle n'a pas de préjugés. Qu'elle fait l'amour quand ça lui fait plaisir, à elle ou aux autres. Que quand elle sent que ça fait plaisir, eh bien elle dit oui. Qu'elle le fait même avec des Noirs. C'est en allant faire un cours à Sciences po qu'il l'a rencontrée. Il soupèse, palpe, pétrit, dit qu'elle a de beaux seins, pas trop gros, mais qu'on les a bien dans la main. Il lui dit que Frida avait des seins plus gros que les siens, et que là alors on en avait vraiment plein la main. Que ça débordait des doigts, qu'on ne pouvait pas les saisir en entier tellement il y en avait. Il lui dit qu'une fois il a fait l'amour avec Frida et une de ses amies et que c'était très agréable. Que son amie avait de belles fesses et qu'il ne savait plus où donner de la tête. Il dit que Marianne a une odeur de sexe merveilleuse. Très fraîche. Boisée. Que quand elle mouille c'est comme de la rosée. Et qu'elle se parfume le sexe. Que quand elle se déshabille elle en vaporise un peu sur sa nuque et sur ses poils. Qu'il lui offre du parfum parfois. Du parfum ou des livres. Il adore discuter avec elle. Il ajoute que c'est une fille très intelligente. Qu'elle n'a rien d'extraordinaire au premier coup d'œil. Qu'elle a toujours des jeans et des baskets, qu'elle s'habille sans recherche particulière. Mais qu'elle a ce qu'on appelle du charme, qu'elle en a énormément, que c'est encore plus fort que la beauté, que ça attache encore plus. Et qu'il est très attaché à elle. Frida était belle, mais elle n'avait pas de charme, par exemple. C'était une très belle femme, grande, blonde, avec un très beau corps sculptural, c'était tout. Rachel était très belle aussi, avec une peau très douce, mais elle avait toujours des demandes précises qu'il fallait satisfaire, fais-moi ceci fais-moi cela. Ça le lassait. Marianne est beaucoup plus libre. Mais elle n'a pas d'aussi beaux seins que ceux qu'il tient là dans la main. Il pince le bout. Elle ne dit rien. Il pince plus fort. Il lui demande de s'approcher encore, en se décalant un peu sur le côté, pour s'asseoir le plus près possible, contre sa cuisse, jusqu'à plaquer sa vulve. « Humm, c'est frais. » Puis il lui demande de

s'allonger pour qu'il lui caresse les fesses.
Elle se met à plat ventre sur le lit. Elle
glisse les mains sous l'oreiller. Elle a
froid. Il dit qu'il va la réchauffer. Il
s'assoit sur ses cuisses. Il commence à
lui malaxer les fesses, puis pousse ses
caresses jusque dans le creux des reins,
remonte ses mains le long de son dos,
par la colonne vertébrale, jusqu'à son
cou, vers lequel il plonge, puis fourre
son nez, pour aller chercher sa bouche
dissimulée dans les replis de l'oreiller, à
l'intérieur desquels elle est cachée, en
lui demandant d'être active avec sa langue. Puis il se remet en arrière. Recule.
Se rassoit sur elle, sur ses cuisses. Puis
recule encore. Se met à genoux derrière
elle. Entre ses jambes. Et plonge la tête
entre ses fesses pour commencer à lui
lécher l'anus. Il lui dit « c'est doux ? Je
t'avais dit que ce serait bon, et de ne pas
avoir peur ». Il lui répète qu'il ne fera
que ce qu'elle veut. Qu'il n'ira jamais
au-delà. Qu'il n'a jamais fait autre-
ment. Elle lui a demandé de respecter

sa virginité, pour qu'il ne soit pas son premier amant, il lui rappelle qu'il s'est rendu à ses arguments. Qu'il lui en coûte, parce qu'elle l'excite, qu'elle est belle, qu'il l'aime. Il lui fait valoir que ce n'est pas facile d'être excité toute une journée sans pouvoir pénétrer la femme qu'on désire. Il lui demande si elle lui fait confiance. « Oui ? » Elle dit que oui. Il lui demande si elle veut essayer, maintenant, ce matin, tout de suite, là, pas longtemps, rien qu'un instant pour voir ce que ça donne, avec un peu de vaseline. Il lui explique qu'il le fait souvent avec Marianne et qu'elle n'a jamais eu mal. Au contraire. Il essaye de la persuader. Il insiste. Elle est toujours allongée à plat ventre sur le lit, avec les fesses nues, la tête tournée sur le côté et posée sur l'oreiller. Elle dit qu'elle a peur. Que la dernière fois ça lui a fait mal. D'un mouvement brusque, il se lève. Il est debout sur la descente de lit. Sur ses deux pieds. Il se dirige vers l'armoire. Dans laquelle il attrape un pantalon, une chemise, un pull, et il sort de la chambre, à pas bien sentis. Il se dirige vers la salle de bain, et lui crie, du couloir, d'une voix sèche, très nette, qu'il va être obligé de rentrer plus tôt que prévu, car il a du travail. Il lui avait dit qu'il n'était pas sûr de pouvoir rester en vacances toute la semaine. Elle lui demande s'il est sûr que ça fait moins mal avec de la vaseline. Il revient. « Bien sûr. Ça ne fait pas mal du tout. Tu ne sentiras rien. Tu n'auras que du plaisir au contraire. » Il remet ses vêtements dans l'armoire qu'il a laissée ouverte. Il ouvre le tiroir de la table de nuit. Prend le tube de vaseline, et enduit son sexe avec une ou deux doses de produit, qu'il étale soigneusement avec ses doigts jusqu'à la garde de son membre durci. Il pose ses deux genoux entre ses jambes à elle. Lui dit de bien se détendre. Il tient son membre entre deux doigts et le dirige entre ses fesses. Il lui dit qu'elle a des fesses merveilleuses, appétissantes. Il enfonce le bout de son sexe dans son anus, lui répète qu'elle aura mal si elle ne se détend pas, qu'il faut qu'elle se détende, il avance un peu. Il lui dit d'arrêter de crier, et de se détendre, de se détendre, de se relaxer. Mais elle serre les fesses au contraire. Elle se contracte. Et ses cuisses sont deux poteaux raides. Il lui dit de se détendre. Qu'il l'aura prévenue. Qu'il va s'enfoncer et que si elle ne se détend pas ça va lui faire mal. Il s'enfonce et il jouit. Il lui dit « merci merci merci ha merci merci comme tu es gentille », il couvre son dos de baisers, et il lui dit que de toute sa vie c'est la première fois qu'il aime quelqu'un autant. Que ça ne lui était jamais arrivé. Il s'allonge à côté d'elle, elle se retourne. Il la regarde. Dit qu'elle est la personne qu'il aime le plus au monde. De loin. Qu'elle est une personne extraordinaire. Qu'elle a une personnalité hors du commun. Une liberté rare. Une intelligence qui le ravit. Un esprit sans préjugés. Elle lui dit qu'elle aussi l'aime. Et qu'elle l'admire. Il lui répond qu'elle est gentille, qu'il l'admire aussi. Elle voudrait lui demander quelque chose. Elle lui dit que, comme preuve de cet amour qu'il a pour elle, elle voudrait que la prochaine fois, quand ils se verront, il ne se passe rien de physique, pas de gestes. Même, si c'était possible, dès le lendemain. Juste pour voir, pour savoir si c'est possible. Pour savoir si des relations non physiques entre eux sont pour lui envisageables. Elle l'interroge du regard, pour deviner s'il accepterait de continuer à la voir dans ce cas. Ou s'il préférerait cesser. « Bien sûr. » Il dit que ce serait tout à fait possible. « Bien sûr voyons, on fera exactement comme tu voudras, nos caresses sont une conséquence merveilleuse, mais pour moi ce n'est pas l'essentiel, ce n'est pas le plus important. Ce n'est pas ce qui compte. » Elle lui a déjà demandé la veille, elle n'osait pas lui redemander. Il promet. Il rit. L'assure que c'est sans difficulté. Elle lui demande pardon d'insister, de le lui avoir fait promettre, mais comme

50

la dernière fois il avait déjà dit que ça ne se reproduirait pas, et que ça a lieu quand même... Elle répète que c'est une preuve d'amour qu'elle lui demande. Après lui avoir dit qu'il lui donne déjà beaucoup de preuves, il dit qu'il l'aime tant que la prochaine fois non seulement ils ne le feront pas, si elle y tient, mais que tout ce qu'ils feront sera décidé par elle, à commencer par la ville où ils se donneront rendez-vous. C'est elle qui la choisira. Il suivra son choix. Elle lui dit qu'elle adore le voir mais qu'elle ne peut pas s'empêcher d'avoir un peu peur, pour son avenir. Il l'assure qu'elle n'a aucune raison d'avoir peur. Mais qu'ils ne se caresseront pas la prochaine fois, puisqu'elle ne le souhaite pas, et qu'ils ne s'embrasseront plus sur la bouche, sauf si elle en fait la demande. Il l'embrasse sur le front en lui répétant qu'il ne veut que ce qu'elle veut. Que son bonheur. Il la prend dans ses bras, et la serre en l'appelant par le diminutif qu'il a inventé pour elle

et que personne d'autre n'a jamais utilisé. Il comprime son corps contre le
sien. Il lui dit de se lever. Il est tard, ils
vont aller déjeuner. Elle se lève, et se
rend dans la salle de bain pour se relaver
le bas du corps. Il lui donne un mouchoir à mettre entre ses fesses, pour
tamponner et éponger le sperme qui
pourrait en couler sur le chemin de la
salle de bain, elle marche dans le couloir, en écartant les jambes et en tenant
le mouchoir entre ses cuisses, dans une
position de dos voûté. Elle lave le bas
de son corps soigneusement, en écartant bien les jambes, devant le lavabo.
Le sperme coule sur ses jambes, jusque
sur ses pieds, par le long de ses cuisses
et la face intérieure de ses mollets. Elle
fait remonter le gant de toilette de sa
cheville jusqu'à l'intérieur de ses fesses.
Puis retourne dans la chambre pour
s'habiller. Il est dans le jardin. Il fume
une cigarette, assis sur un fauteuil en
châtaignier. À côté d'un des deux poteaux
entre lesquels un fil a été tendu pour le

séchage du linge. Un torchon orange est accroché, et volette plus ou moins. Il feuillette le Guide Rouge pour trouver l'endroit où ils iront déjeuner. Elle aussi elle aime aller au restaurant.

Il commande une entrecôte, saignante. Avec des pommes de terre sautées. Il ne prend pas d'entrée. En dessert, elle a commandé des crêpes Suzette, le maître d'hôtel approche une petite table de la leur, sur laquelle est posé un petit réchaud, et dans une grande poêle en cuivre, il dépose les crêpes, fait couler dessus un jus d'orange, les saupoudre de sucre, les plie en quatre comme des petits éventails, des petits mouchoirs, ou le petit carré de soie qu'on fait dépasser de la poche extérieure d'un costume, il les arrose de Grand Marnier, frotte une allumette, fait flamber. Tout le restaurant les regarde, en souriant. Après le déjeuner, ils roulent sur des routes à lacets entre les montagnes. Puis s'arrêtent dans un petit village. Signalé par le

Guide Vert pour la particularité de ses
toits et pour son église romane. Le village est entièrement couvert de lauzes.
Après avoir admiré l'unité de cette couleur ardoise sous le ciel, dans ce maté-
riau lourd, épais, et aux bords bruts
irréguliers, ils font le tour de l'église.
D'abord par l'extérieur. Il en commente l'architecture en détail, demande
si elle a retenu les mots qu'il lui a
appris quand ils ont visité la cathédrale
d'Amiens. Elle les a retenus. Il y en a
juste deux qu'elle confond encore. Elle
se souvient aussi des « hortillonnages »,
ces jardins clôturés à la sortie d'Amiens.
Il la félicite. Puis lui demande de lire
avec lui l'inscription latine qui est sur le
fronton. Ils la traduisent ensemble. Il
lui dit qu'elle est très intelligente. Et
qu'elle pourra aller très loin si elle s'en
donne les moyens. Si elle n'écoute pas
ce que disent les profs pour la plupart
médiocres. Il lui conseille d'acheter des
livres. D'apprendre seule ce qui l'intéresse. Pour ne pas être freinée par le

manque de curiosité des autres. Ils se donnent le bras, font le tour de l'église. Puis il entre, par une petite porte latérale. Elle le suit. Ils se donnent la main. La lumière traverse les vitraux et caresse leurs visages. Ils lèvent la tête vers les voûtes romanes. Il commente les clés qui leur donnent leur équilibre, décrit le style par des mots précis. Puis s'approche du confessionnal. Il ouvre le rideau, s'assoit sur le petit banc du prêtre, et lui dit de venir s'agenouiller entre ses jambes, d'ouvrir son pantalon et de le sucer un peu. Il caresse ses seins, derrière le rideau tiré, à travers son pull large, lui dit qu'elle pourrait ne pas mettre de soutien-gorge, et lui demande si tout à l'heure quand ils ont fait le tour de l'église et qu'elle lui donnait le bras, elle a fait exprès avec son sein gauche de lui frôler le coude. Elle dit qu'elle ne s'en est pas rendu compte. Il lui assure qu'elle a fait des mouvements de pression de son sein gauche contre son bras droit. Il détache son soutien-gorge à travers l'épaisseur du pull et du t-shirt qu'elle a mis en dessous, les bretelles tournent autour de ses épaules, et les bonnets remontent sous son cou, il presse ses seins à travers la laine, puis passe dessous. Il lui dit de le sucer rapidement avant que quelqu'un entre et voie ses mollets, qui dépassent derrière le rideau. La 604 est garée juste devant le portail. Il n'y a personne sur la place de l'église, et personne en vue dans les rues adjacentes du village. Il lui dit qu'il ne peut pas reprendre la route dans cet état. Qu'après ce qu'elle vient de lui faire dans le confessionnal il bande trop. Qu'il ne peut pas remonter tout de suite dans la voiture, et qu'il ne faut pas qu'il éjacule à l'intérieur pour ne pas tacher les sièges. Mais que ça tire. Qu'il est pressé, que le retour à la maison va être trop long, qu'il ne peut pas attendre jusque-là. Il ouvre les deux portières de la voiture d'un même côté. En grand, de façon à ce qu'elles soient perpendiculaires à la carrosserie, du côté du mur contre lequel la voiture est garée. Il lui dit de s'accroupir entre elles pour le finir, et qu'il puisse conduire sans cette tension intérieure dans le bas du ventre. Elle se baisse, met un genou en terre, plie le deuxième, et se place au niveau de son bassin, entre les deux pans de son manteau, qu'il tient ouvert de chaque côté de son visage, pour compléter l'effet cabine déjà offert par les portes grandes ouvertes. Il rouvre la braguette de son pantalon de flanelle. Qu'il avait fermée en sortant de l'église pour traverser la place jusqu'au parking. Éjacule dans sa bouche, et remonte dans la voiture, après lui avoir donné son mouchoir bien plié pour s'essuyer. Plié, repassé, et brodé. Il lui demande si elle aime le goût du sperme. S'installe sur son siège. Se cale devant le volant, pose les pieds sur les pédales, met le moteur en marche, pendant qu'elle fait le tour de la voiture pour entrer de l'autre côté, celui qui s'ouvre sur la place. La voiture démarre. Sur les lauzes, qui couvrent les toits, il y a un peu de neige. Ça rend le village encore plus beau, ça renforce l'impression d'être dans un endroit hors du monde, à part, et que les vies sont différentes sous ces grosses toitures épaisses, sous cette gamme de gris infinis qui semblent pouvoir se décliner sans limite. Les nuances se démultiplient, se révèlent par la lumière du ciel, et celle des nuages, dans des gris qui sont dans la continuité eux aussi. Les rues sont désertes, comme si les maisons étaient inhabitées, malgré les quelques voitures garées. Il n'y a rien. Pas un rideau qui s'ouvre, pas un visage, pas un enfant, pas un vieillard. Il n'y a personne en vue sous cette gamme de gris nuancés à l'infini, en harmonie avec les nuages, nimbés par la lumière céleste qui les transperce. La voiture quitte le village. Elle ouvre la boîte à gants, met une cassette, il l'interroge sur ses goûts, ses activités, ses amies d'école. Avant de lui répondre, pour ne pas faire de faute de français, elle fait sa phrase dans sa tête. Mais au moment de se lancer pour la formuler, elle bute. Tout est à recommencer. Elle marque des pauses, elle hésite, elle reprend plusieurs fois le début, parce que l'enchaînement ne va pas, l'expression n'est pas fluide. Le rythme est heurté, haché, imprécis. Elle ne sait plus où elle en est, elle s'emmêle, la phrase devient de plus en plus incompréhensible. Pourtant il lui laisse le temps. Il écoute ce qu'elle dit. Puis lui répond, dans la foulée, avec une phrase d'une fluidité totale, transparente, comme s'il la sortait cristalline directement de sa pensée. Puis, à l'orée d'un sentier, au bout duquel le Guide Vert signale un point de vue sur la vallée, il s'arrête. Il gare la 604 au bord de la route, et ils descendent, chacun de son côté. Ils pénètrent dans un sous-bois, par un chemin dont les bas-côtés sont encore enneigés. Au milieu des pins noirs, un peu plus loin, à un tournant, ils sont surpris par un arbre aux feuilles extrêmement vertes. Il explique qu'en allemand pour parler de ce vert-là on dirait *satt grün*, c'est-à-dire un vert bien frais, bien franc. Que *satt* veut dire rassasié. Qu'un Allemand qui a bien mangé dit « *ich bin satt* », et que *satt grün* signifie que les feuilles de l'arbre sont si vertes qu'elles sont rassasiées de vert. Il lève la tête vers les branches de cet arbre, le seul de la forêt qui ne soit pas un conifère. Il les observe, attentivement, derrière le verre épais de ses lunettes, il lui montre la façon dont les nervures des feuilles sont disposées, puis dépasse l'arbre vert, nommant les uns après les autres tous les arbres qui bordent l'allée dans laquelle ils marchent, côte à côte, il nomme toute la végétation qu'ils croisent, après l'avoir interrogée. Il entend le chant d'un oiseau. Il tend l'oreille pour deviner l'espèce. Il hésite. Entre deux. Il espère que l'oiseau va rechanter. Tend de nouveau l'oreille. Lève l'index en inclinant la tête, et reconnaît l'oiseau. Ils se donnent la main, avancent lentement dans l'allée. Il croise ses doigts dans les siens, bien au fond des jointures, puis les fait glisser comme pour s'en détacher, tout doucement, puis les reprend, avant de recommencer à s'en détacher. Ou il joue avec ses doigts dans sa paume. Leurs chaussures s'enfoncent dans la boue ou craquent sur des petites plaques de verglas. Puis le chemin fait un coude. Ils commencent à deviner une plongée vers la vallée. Mais quelqu'un, qui marche dans l'autre sens, un homme, d'un certain âge, seul, vient dans leur direction. Ils se lâchent la main. L'homme porte un panier, il va bientôt les croiser. L'homme arrive à leur niveau. Il lui dit « bonjour ». Nettement. D'une façon audible qui se détache sur le silence. Et le seul bruit des pas. L'homme répond en soulevant son chapeau, « bonjour », et continue vers la sortie du bois. Ils progressent, eux, en sens inverse, vers le point de vue sur la vallée indiqué dans le Guide Vert.

Il lui reproche de ne pas avoir dit « bonjour » à l'homme, qu'ils viennent de
croiser. Son ton a changé. Il s'étonne
qu'elle ne sache pas que quand on rencontre quelqu'un dans un endroit isolé,
l'usage est de dire bonjour, en signe
d'ouverture au cas où la personne aurait
besoin d'aide dans un lieu retiré. Le
visage fermé, il précise que c'était à eux
de le dire en premier parce qu'ils sont
deux alors que l'homme est seul.
Qu'elle doit faire attention à son com-
portement, à ses attitudes, et aussi à son
allure. Il en profite pour lui parler de sa
démarche. Il ne l'aime pas. Ce n'est pas
la démarche de quelqu'un de fier. Il la
regarde. Lui demande de se tenir droite.
De se redresser encore un peu, de rejeter les épaules en arrière, et de faire
quelques pas devant lui. Elle le fait.
Puis de revenir. Elle revient. Il lui dit
qu'elle ne lève pas assez le menton.
Qu'elle doit rejeter plus les épaules en
arrière, avancer, non pas comme une
petite timide, mais sûre d'elle. Il lui dit

de recommencer, dans l'autre sens, devant lui, avec de l'assurance, puis de revenir vers lui, encore. Dès qu'elle arrive à son niveau, il corrige la position de ses épaules. Il lui dit que quand elle marche il faut qu'elle pense à sa démarche. Elle reprend deux ou trois mètres d'avance pour refaire quelques pas.

Mais la promenade est écourtée parce qu'il commence à avoir mal à la tête. Juste après le point de vue, ils rentrent. De retour à la maison, elle prend son livre de Gilbert Cesbron sur sa table de nuit, et va s'asseoir sur le fauteuil près de la fenêtre, à la lumière du jour. Il s'allonge, sur le couvre-lit. Il veut qu'elle tire les rideaux à cause de la lumière. Il lui demande, en posant ses lunettes sur le marbre de sa table de nuit, de venir près de lui, et de poser sa main fraîche sur son front. Si elle veut bien. Elle se lève de son fauteuil. Elle s'assoit sur le bord du lit, une jambe tendue avec le pied posé par terre, l'autre repliée, le genou à demi posé sur le couvre-lit, son pied pend dans le vide au-dessus de la descente de lit, elle plaque sa main sur son front. Il pousse un profond soupir, en sentant cette main se poser. Il a les yeux fermés. Il ne bouge pas. De temps en temps il dit quelque chose à propos de la fraîcheur de sa main. Puis il plaque la sienne, chastement, sur la cuisse qui repose sur le couvre-lit. « Regarde-moi. » La main sur son front, plaquée comme un bandeau, comme un turban, elle le regarde. Il la regarde et elle le regarde. Ça dure un certain temps. « Tu es très belle tu sais. Tu pourras avoir de très beaux hommes. Tu pourras prétendre à de très beaux hommes. » Il la contemple. Puis, il lui dit d'ouvrir la fermeture Éclair de son pantalon à elle, et lui propose de venir sous les draps. Elle n'a pas envie d'être couchée. « Tu veux bien laisser encore un peu ta main sur mon front ? » Elle la laisse. « Tu es gentille. Elle est si fraîche. » Il a toujours la main posée sur la cuisse repliée sur le couvre-lit. Elle est toujours assise. Il lui dit qu'il a déjà moins mal. Il la remercie. Lui parle de ces migraines, qui sont fréquentes, qu'aucun des médecins qu'il a vus n'a réussi à soigner. Il a les yeux fermés. Il les ouvre de temps en temps. Lui dit de le regarder. Puis, il enlève la main qu'il avait posée sur sa cuisse. Lui dit qu'il va un peu mieux, qu'elle peut enlever la sienne de son front, pour qu'il la voie mieux. Il regarde son visage avec intensité. Son regard pénètre dans le sien. Il plonge ses yeux dans les siens, directement, profondément. Il relève le coin de ses lèvres pour lui sourire. Le rebaisse comme pris par une pensée intime, intérieure. Puis sourit encore. Les yeux plongés dans les siens. Ses pupilles ne bougent pas. Avec ses yeux, il fixe ses yeux à elle. Avec intensité. Sans jamais ciller. Sans que son regard ne dévie jamais de cette trajectoire, de ses yeux à lui vers les siens. S'il lui arrive de ciller, il sourit en même temps. Puis reprend la permanence et la fixité. Sa bouche est mobile, sinueuse. Ses lèvres fines, longues, étirées, barrent d'une ligne rose le bas de son visage. Son sourire change de forme sans jamais disparaître totalement. Il remet sa main sur la cuisse qui est sur le couvre-lit. Lève l'autre main pour aller chercher sa nuque, prend sa tête, glissant ses doigts à travers ses cheveux. La rapproche de la sienne. Applique un baiser sur ses lèvres. Avec la main qui était sur la cuisse, qu'il est en train de déplacer, il fait glisser la fermeture Éclair de son pantalon, puis avance sous le vêtement, repousse l'entrejambe de sa culotte vers le pli de l'aine. Introduit un doigt dans le sillon vaginal. L'enfonce à l'intérieur. Elle rapproche ses deux jambes l'une de l'autre, la cuisse posée sur le couvre-lit se serre contre celle, tendue vers le sol, dont le pied marche sur la descente de lit, elle met le pied qui pendait dans le vide sur le tapis, à côté du premier, celui de la jambe qui était tendue depuis le début, tandis que l'autre était pliée pour que la cuisse soit confortablement installée pendant que sa main couvrait le front comme un bandeau. Il lui demande de ne pas faire ça. De les rouvrir. Dit qu'il a parfaitement entendu ce qu'elle lui a demandé tout à l'heure. Mais que ce qu'il ressent pour elle à l'instant est trop fort. Qu'il bande. Qu'il ne peut rien contre ça. Que la prochaine fois, il se sera préparé. Ils ne feront rien. Il ne veut rien faire qu'elle ne désire vraiment, il se sera préparé à retenir ses élans. Là, tout de suite, il lui dit qu'il voit qu'elle aussi en a envie. Dans son regard. Il lui dit qu'elle mouille, il ressort son doigt pour le lui montrer. Puis le renfonce. « Tu sais pourquoi c'est mouillé ? Est-ce que tu sais ce que ça veut dire ? » Il promène son doigt d'un bord à l'autre de son sexe. « C'est mouillé là ! Tu le sens ? » Il sourit en lui expliquant que ce n'est ni de la sueur ni de l'urine comme elle le croit. Il enfonce son doigt dans son vagin. Le ressort. Le lui fait sentir. Puis l'introduit dans sa bouche à lui. Dit que c'est un délice. Une fontaine. « Non ce n'est pas de la sueur. C'est mouillé parce que je te caresse, et que tu aimes ça. Parce que tu es sensuelle. Ça veut dire que ça te plaît. Que tu es heureuse. » Il dit qu'il ne le ferait pas sinon. « Regarde. Sens ton odeur sur mon doigt. » Après l'avoir fait passer sous ses narines puis introduit entre ses lèvres pour ouvrir sa bouche, il lui fait lécher l'index qu'il vient d'enfoncer dans son vagin, et le balade à l'intérieur de ses joues, soulève ses lèvres pour le passer comme un onguent sur leur face interne, les retourne, comme un ourlet épais, il lisse aussi ses gencives, passant au-dessus des dents, derrière, puis il le ressort, et lui dit que l'intérieur de sa bouche est incroyable-ment doux. Qu'il pourra la pénétrer par là un jour. Presque aussi doux que celui de son vagin. Il lui demande d'enlever ce col roulé. Redescend sa main vers l'entrejambe à l'intérieur du pantalon ouvert. De nouveau, il la glisse dans l'ouverture, après avoir écarté au passage sa culotte vers le pli de l'aine, il met son poing tout en haut collé contre les grandes lèvres comme s'il s'apprêtait à les fister, et avec son autre main tire sur la ceinture pour faire descendre le pantalon plus bas sur ses hanches, le plus possible. Lui demande de se lever quelques secondes, pour le laisser descendre un peu plus bas, car ça bloque autour de son bassin. Il introduit deux doigts dans son vagin, et la prie de caresser, un peu, avec sa main, son sexe à lui, ou avec ses deux mains, l'une enveloppant son membre pour faire des va-et-vient, tranquillement, rien de plus, l'autre sous ses testicules. Avec la main qui a descendu son pantalon jusqu'à ses genoux, il retire maintenant le pull, le t-shirt, le soutien-gorge. Le pantalon entrave encore les jambes. Lui a retiré le sien, il l'a jeté par terre, ses fesses sont nues sur le couvre-lit matelassé. Il lui

conseille de serrer sa main gauche sur
son membre, et de le caresser lentement, pendant que la droite fait juste
reposer les testicules sur la paume. Elle
commence. Sa main gauche monte et
descend sur son sexe et elle creuse
l'autre main, où elle reçoit le poids des
testicules. Il lui dit qu'un jour il aimerait bien qu'elle les mette dans sa
bouche, et qu'elle les masse avec ses
lèvres. Il lui caresse les hanches, les
flancs, le ventre. « Tu as la peau tellement douce. » Il lui dit d'enlever ce
pantalon qui l'entrave. De le retirer
complètement. De ne pas le faire elle-
même. Il s'en charge, il arrache le pantalon, le faisant passer sous ses cuisses
qu'il lui demande de soulever l'une
après l'autre, puis par ses pieds, puis le
projette dans la direction de la fenêtre,
au bas de laquelle il s'écrase, entre
l'armoire et le fauteuil, sur lequel tout à
l'heure elle lisait, et où se trouve encore
son livre de Gilbert Cesbron, ouvert
en deux, la couverture visible, *Chiens*

perdus sans collier, les pages aplaties contre le tissu du siège. Maintenant qu'elle est sans vêtements, il lui caresse le ventre. Il lui dit que sa femme a une peau un peu granuleuse, qu'elle n'a pas une peau fine comme la sienne. Et que quand elle jouit elle fait une grimace, une grimace affreuse, au point que ça compromet son érection. Qu'il lui a demandé de faire attention, mais qu'elle a répondu qu'elle ne contrôlait pas ses expressions à ce moment-là, qu'elle ne pouvait pas s'en empêcher. Il avoue qu'il détourne la tête. Dit qu'un jour il aimerait voir son visage à elle en train de jouir. Puis lui demande si elle veut bien essayer d'avaler ses testicules, pas complètement mais de les mâchonner avec ses lèvres. Ensuite, si elle peut prendre son sexe dans sa bouche. Car il a envie de jouir dans des conditions plus confortables que tout à l'heure entre les deux portes de la voiture sur le parking de la place de l'église. Et qu'après ils dormiront un peu. Que pour pouvoir profiter de la soirée, lui en tout cas dormira. Il a réservé, à Uriage-les-Bains, un très bon restaurant qui a deux étoiles. Elle se met en position, à genoux, entre ses jambes à lui, écartées sur le couvre-lit dont elle replie un pan, qu'elle rabat sur le bas de son corps. Elle a toujours le buste nu. Son pull jacquard, qu'il lui a retiré, et qu'il a fait glisser tout à l'heure le long du matelas, est maintenant sur la descente de lit, manches retournées, les fils du dessin apparaissent entrelacés sur l'envers, comme les fils coupés sous un canevas renversé. Il lui dit de se déplacer, de ne pas rester dans le prolongement de ses genoux écartés, mais de se mettre sur le côté, bien de profil, perpendiculaire par rapport au lit, pour qu'il voie ses seins vivre, ballotter. Sans avoir à surélever sa tête sur un oreiller, et à se casser la nuque pour la voir s'affairer devant lui. Et de retirer ce pan de couvre-lit posé sur ses fesses. Il la découvre. Lui enlève ses chaussettes. Elle est entièrement nue.

Elle se place comme il le demande, perpendiculaire au lit, et parallèle à la fenêtre, la tête en direction du mur, elle est à quatre pattes, les fesses face à la porte de la chambre, si quelqu'un ouvrait ce serait la première chose que la personne verrait, et elle dirige le membre vers son visage pour le faire entrer à l'intérieur de sa bouche. Jusqu'au fond de son palais. Il lui dit de balancer son corps, de le faire osciller de gauche à droite, dans des mouvements, un tout petit peu plus rapides, pour que les seins ballottent, et lui échappent pendant qu'il s'amuse à les attraper. Il les saisit. Parfois il tire dessus. Ou il leur donne des petites claques, vives. Des petites tapettes au bruit sec. Puis il arrête, les serre dans son poing, l'un après l'autre, comme un fruit dont il voudrait presser le jus, pour le recueillir dans sa paume. « Je ne te fais pas mal ? » Il recommence. « Ne me réponds pas, continue, n'enlève surtout pas tes lèvres de mon sexe. Si je te fais mal en pressant

73

tes seins dans ma main, lève un genou sur le côté, ou un pied. Ça va ? Je ne te fais pas mal ? Tu peux bouger un peu tes fesses s'il te plaît, de droite à gauche, elles sont tellement belles. Beaucoup de femmes te les envieraient tu sais. » Il les caresse. Tapote. Ça lui rappelle une expression qu'il entendait à Meyrueis, dans la maison de famille près de Carcasonne où enfant il passait ses vacances, « fini de remuer le panier à crottes », disait une femme qui travaillait chez eux à l'année quand elle parlait du temps qui passe et d'elle qui vieillissait, il avait neuf dix ans, et notait dans un petit cahier les expressions qu'elle employait. Il reprend ses seins, « tu aimes être une femme ? ». Il le lui dit en continuant de les attraper et de les serrer, il met sa main droite dans la raie de ses fesses, dirige un doigt vers son anus. « Ne me réponds pas. Continue. Continue de me sucer. Tu me diras après. » Il lui dit que Marianne ne met jamais de culotte sous son pantalon. Qu'elle ne met aucun sous-vêtement. Il met le pouce dans son vagin dans lequel il le fait aller et venir. Il éjacule. Elle arrête. Et va cracher le reste de sperme dans la cuvette des toilettes. Il veut qu'elle revienne vite se réallonger à côté de lui, avec sa peau si douce. « Tu aimes être une femme ? » Il veut qu'elle se colle à lui. Qu'il n'y ait aucun interstice. Et qu'ils aient un moment paisible, calme. De tendresse pure. Tous les deux. Il lui demande si elle sent l'union profonde qu'il y a entre eux à cet instant. Comme s'ils étaient une seule et même personne. Il lui demande si elle est bien. Il lui dit que ce qu'ils vivent est exceptionnel, qu'il n'a jamais vécu ça avec personne, qu'il a l'impression d'avoir enfin rencontré une femme qui le comprend, et à qui il peut tout dire, qu'il ne parle à personne, que personne ne sait qui il est vraiment. Sauf elle. Qu'elle est la seule. Il a envie de lui confier quelque chose qu'il n'a jamais dit. Un jour, il avait une trentaine d'années, il conduisait, et en traversant une petite ville, il a renversé quelqu'un, la personne est tombée, et il a accéléré, il est parti. Le lendemain, dans le journal local il a vu qu'une femme avait été écrasée par une voiture dans ce village. Voilà, elle est la première à qui il le confie. Il ne parle à personne. Il n'a jamais eu confiance en quelqu'un comme il a confiance en elle, c'est la première fois. Il lui dit que c'est rare dans une vie, que dans la plupart des vies ça n'arrive jamais. Quand il n'est pas avec elle, il n'est pas lui-même. Avec tous les autres, il joue un rôle. Il se force. C'est la raison pour laquelle il aime être seul. Et aussi, pour travailler. Il explique que la plupart du temps, chez lui, il reste enfermé dans son bureau. Quel que soit le jour de l'année. Qu'il travaille tous les jours. Y compris le jour de Noël. Qu'il comprend que ça l'étonne mais que c'est la vérité, qu'il déjeune rapidement avec sa femme et ses enfants, et retourne dans son bureau pendant qu'eux vont se promener. Il dit qu'il rencontre très rarement des gens qui méritent qu'il se montre comme il est. Sauf elle parce qu'ils sont tous les deux hors du commun. Qu'ils sont pareils. Forment une seule et même personne. Il lui dit qu'elle ressemble à sa mère. La sienne, sa mère à lui. Elle a les mêmes yeux. Des yeux noirs profonds. On dirait des lys tellement ils sont purs. Des lys noirs. Une mer de lys. Un regard qui fait comme de grandes vagues noires. Sa mère avait les mêmes yeux. Il se met sur le côté. Au bout de quelques minutes, il s'endort. Elle se rhabille. Va se nettoyer le visage, et s'installe avec son livre dans la cuisine. Il est tard. Elle a faim. Elle prend un peu de pain avec du beurre, et un verre de lait. Puis elle lit. Une heure. Deux heures peut-être. Elle s'ennuie. Elle ne sait pas quoi faire. Elle pourrait sortir, mais… Où aller ? Se promener toute seule dans le village ? Prendre un sentier et faire une petite marche ? Elle

n'en a pas envie. Elle ne se voit pas faire
ça. Quand il se réveillera, ils iront dîner
dans le restaurant deux étoiles dont il
lui a parlé. La nuit est tombée, dehors
il fait noir. Elle lit. Le temps passe. Puis
elle entend du bruit dans le couloir.
Il ouvre la porte de la cuisine. Il est
habillé, il a le Guide Rouge à la main,
il avance la main vers le plan de travail,
où sont posées les clés de la voiture,
dans un cendrier, et là, tout à coup, il
voit la bouteille de lait. Qui n'est pas
rangée dans le frigidaire, mais qui est
restée ouverte à côté de l'évier, juste à
côté du cendrier, près du verre qu'elle
a utilisé.

— Qu'est-ce que c'est ça ? Tu ne
pouvais pas ranger le lait ? Tu ne sais
pas que le lait ça tourne ? Tu ne sais pas
que le lait c'est imbuvable si on ne le
garde pas au frais ? Tu ne sais pas qu'on
doit le remettre dans le frigidaire dès
qu'on s'en est servi ? Dès qu'on n'en a
plus besoin. Quel âge as-tu ? Tu ne
sais pas que ça tourne le lait ? Que se

passe-t-il exactement dans ta tête ? Tu
ne sais pas ça ? Tout le monde sait ça.
On va dîner. Allez. Dépêche-toi. On
téléphonera à la gare en rentrant pour
voir à quelle heure il y a un train
demain pour que tu puisses rentrer
chez toi, sans que j'aie à te raccompa-
gner en voiture. Je ne sais pas encore si
je vais traverser la frontière italienne,
ou aller à Carcassonne voir les inscriptions ibères que j'ai à voir, mais je sais
que je ne vais pas le faire avec
quelqu'un qui fait n'importe quoi. On
sort. Dépêche-toi. Vite.

Le restaurant, qu'il a réservé il y a
deux semaines, avant de partir de chez
lui, se trouve à trente kilomètres de là où
ils sont. Il appuie sur l'allume-cigare, au
centre du tableau de bord, puis, après
un clic-clac, quand il ressort, le prend
entre deux doigts, et allume sa cigarette
avec le bout incandescent. Il fume. La
nuit est tombée. Elle regarde par la
vitre. Il n'y a que des ombres qui défi-
lent. L'auberge est en pleine campagne,

après un village perché, qu'on atteint par une route en lacet. Une femme brune, avec un rouge à lèvres vif, les accueille, leur dit bonjour, leur sourit, prend leurs manteaux. Au moment où elle s'apprête à accrocher sur un cintre du vestiaire son pardessus à lui, en cachemire gris et beige, il tend le bras pour récupérer *Le Monde* plié en quatre dans la poche extérieure. La femme brune, toujours en souriant, le vêtement encore à la main, l'approche pour qu'il saisisse le journal dépassant de la poche. C'est celui qu'il a acheté à Grenoble après le déjeuner. Il n'a pas encore eu le temps de le lire à cause de la migraine et de la sieste qui ont occupé tout son après-midi. On leur donne une table ronde, recouverte d'une nappe blanche avec des assiettes fleuries, au centre de laquelle, dans un gros cendrier en cristal, rempli de mousse, se trouvent piquées quelques têtes de marguerites. La dame qui les a accueillis leur tend le menu en souriant. Puis le maître d'hôtel vient prendre la commande. Il choisit une terrine de chevreuil en entrée, et, après avoir demandé dans quelle rivière elles ont été pêchées, en plat, une truite. « Et mademoiselle ? » Elle hésite. Relit la carte. Demande ce qu'ils appellent des asperges à la Watteau. Elle prononce Vateau. La femme repart, une fois la commande notée. Il l'informe alors qu'on prononce Ouatteau, qu'en français le W se prononce oueu, sauf pour les mots d'origine allemande, que le commun des mortels, qui ne réfléchit pas plus loin que le bout de son nez, emporté par la prononciation du mot wagon, qui est le mot français le plus fréquent à commencer par un W, se trompe sur la prononciation de tous les W de la langue française, parce que le mot wagon, qui est d'origine allemande, *Wagen*, ne correspond pas à la règle de la prononciation du W en français, et fait justement partie des exceptions. Il a écrit à ce propos, pour une revue qui s'appelle

Vie et Langage, un article qu'il lui fera lire, il en a plusieurs exemplaires dans le coffre de la voiture. Il détaille l'origine, la provenance, l'évolution de plusieurs mots français commençant par un W, puis prend le journal plié en quatre sur sa serviette de table, le déplie, entièrement, et disparaît derrière le paravent formé par la une et la dernière au-dessus de la nappe. *Le général Franco est mort* barre toute la première page, d'un bord à l'autre, en énorme. Elle ne sait pas qui c'est. Un serveur apporte un petit pot de beurre, et leur offre de choisir dans la corbeille qu'il leur présente, parmi différentes variétés, un pain individuel. Il le pose sur la petite assiette qui se trouve à leur gauche à côté de la fourchette. Elle détache un petit morceau du sien, qu'elle tartine de beurre. À chaque page, il s'arrête longuement. La une cache son visage. Elle caresse la trame de la nappe. Observe son couteau, sa fourchette, sa petite cuillère, le dessin de son assiette. Les tables à côté. Son visage à lui passe une seconde sur le côté du paravent, il lui propose une page. Elle déplie sa serviette sur ses genoux, en prévision du moment où les plats vont arriver. Elle rapproche sa chaise. De façon à être bien installée quand elle aura le sien devant elle. Les gens des tables autour doivent se dire que ce n'est pas intéressant de discuter avec elle, puisque la personne qui l'accompagne lit le journal. Ils ne peuvent pas savoir, quand ils la voient face à ces deux pages noires dépliées, qu'il vient de la regarder des heures avec des yeux exorbités. *Le prince Juan Carlos deviendra roi d'Espagne samedi.* Et au bas de la page, *Prix Goncourt, Émile Ajar,* La Vie devant soi. La terrine de chevreuil et le saumon fumé arrivent. Il replie son journal, et déplie sa serviette. Elle prend un toast. Le tartine de beurre. Pose une tranche de saumon dessus, presse un petit filet de citron, le porte à sa bouche, et mord. À la table à côté, il lui montre des homosexuels, et lui dit que maintenant elle sait comment ils font. Il lui raconte qu'il a failli un jour avoir une expérience homosexuelle. Que l'expérience n'a finalement pas eu lieu et qu'il le regrette. Désapprouvant les gens qui parlent sans connaître. Il avait l'intention d'avoir cette expérience pour savoir ce que c'était. Un peu plus loin, il y a une table avec le père, la mère, et un jeune enfant, très à l'aise malgré son âge, il y a du riz dans son assiette, et des filets de sole, que le serveur a détachés de leur arête, avant de les poser délicatement sur son assiette. Il remet son journal en paravent devant lui. Il a terminé sa terrine. Puis le deuxième plat arrive. Au moment du dessert, le serveur leur recommande la tarte aux myrtilles ou le sorbet au cassis. Il lui fait répéter sa phrase. Dit qu'il n'a pas compris de quel parfum il s'agit. Le serveur répète que c'est un sorbet au cassis. Il ne comprend toujours pas. Le serveur répète plus distinctement, plus fort. Il reprend « ah, au cassi ». Sans prononcer le s final. Une fois le serveur parti, il lui dit à elle qu'il n'a jamais compris pourquoi les gens prononçaient cassis au lieu de cassi, qu'il se demande si c'est la confusion avec Cassis, la ville, pour laquelle on n'entend pas le s, qui leur trouble l'esprit.

Sur la route du retour, il lui dit que le lendemain, pour son anniversaire, ils iront à Grenoble lui acheter un cadeau. Il a remarqué qu'elle n'avait pas de parfum. Il a trouvé le repas trop lourd, il lui dit qu'ils mangent trop. Et que le lendemain ils n'iront au restaurant qu'une fois. Ils arrivent dans l'allée au fond de laquelle se trouve leur maison. C'est une maison en pierre, petite, simple. La 604 est garée devant. Les pièces se disposent de part et d'autre d'un petit couloir qui va de la porte d'entrée aux toilettes. Sur la droite, la salle de bain puis la cuisine, sur la gauche, la première chambre, celle qui donne sur le chemin, puis la deuxième, celle qui donne sur le jardin, auquel on accède par une porte arrière dans la cuisine.

Il enlève ses mocassins, se déshabille, met son pyjama, se glisse entre les draps, et allume la télévision. C'est un poste en noir et blanc, fixé à un pied central, posé devant la fenêtre. Il lui dit de venir s'asseoir dans le lit. Elle est fatiguée, préfère aller dormir dans l'autre chambre. Il dit qu'il viendra lui dire bonsoir. Elle quitte la pièce, après avoir pris sur la table de nuit le livre qu'elle n'a pas encore entamé, *Les Six Compagnons*. Dans l'autre chambre, elle prépare son lit. La pièce est glaciale, elle n'a pas encore servi, le radiateur n'a pas encore chauffé. Elle ajoute une couverture. Et se glisse sous les draps finalement sans ouvrir son livre. Elle réfléchit. Elle projette, pour le lendemain matin, pendant le petit déjeuner, au moment où il prendra sa première cigarette, dans la cuisine, de lui demander comme preuve d'amour qu'il n'y ait pas de gestes physiques de toute la journée. Et de lire son article sur le W, dès le matin. Elle s'endort. Quelques heures plus tard, dans le milieu de la nuit, il pousse la porte de sa chambre, s'assoit sur le rebord de son lit, il caresse sa joue. Puis il secoue son bras. Dit son nom. Il l'appelle. Dit son diminutif. Puis son nom encore. Elle geint. Il lui dit qu'il a envie d'elle, lui demande de revenir dans l'autre chambre. Lui dit qu'elle est éclairée par la lune et qu'il y a une douce pénombre. Il enserre son cou avec ses mains. Puis en pose une à plat sur sa gorge. La fait glisser de proche en proche sur ses seins, nus sous une grande chemise de nuit large. « Ils ne sont pas aussi gros que ceux de Frida, mais tout aussi appétissants. Tu as la peau douce. Elle est parfaite. » Il dit que Marianne a plein de petits grains de beauté sur le corps. Que c'est son défaut. Des petits grains de beauté en relief. « Ne te rendors pas. » Il secoue son bras. Elle ouvre les yeux. Elle bouge. Il dit que, dans le jardin, où il est allé fumer une cigarette avant de venir la voir, le ciel est étoilé. Il soulève les draps, entre dans le lit. Le trouve étroit. Lui dit de venir dans la chambre qui donne sur le jardin. Qu'ils dormiront mieux. Elle bouge. Elle se lève. Sa longue chemise de nuit, avec sa petite dentelle autour du cou, l'amuse. Il la précède dans le couloir. Elle le suit. Elle enlève ses chaussettes, qu'elle laisse sur la descente de lit, s'allonge, et se tourne sur le côté, vers la porte, un bras sous son oreiller. Il se colle à elle, par-derrière. Relève sa chemise de nuit, lui caresse les jambes, les mollets, promet qu'ils ne feront rien qu'elle ne veuille. Que comme elle ne veut pas, cette nuit, il ne fera rien, mais qu'il voudrait caresser ses pieds, ses jambes, pendant qu'elle s'endort. Il s'attarde sur les genoux, la rondeur. Passe ses doigts derrière la jambe, dans le creux, revient sur le dessus, qu'il caresse de sa paume entière. Remonte. Roule la chemise de plus en plus haut. La remonte jusqu'au-dessus de ses fesses. Place son membre entre ses cuisses. Comme une barre de séparation entre elles, un étai entre deux pierres pour les empêcher de se ressouder. Il dit qu'il n'entrera pas. Puisqu'elle ne le veut pas. Qu'ils vont s'endormir comme ça. Il fait des petites pressions, des petites poussées. Introduit son index à l'intérieur de son vagin. Dit que c'est la première fois qu'il touche un vagin aussi serré, aussi étroit. Il lui assure que les hommes qu'elle aura dans sa vie aimeront la pénétrer. Il lui explique qu'un vagin étroit et serré est ce qu'il y a de meilleur, et que c'est rare. Qu'il y a des femmes avec lesquelles l'homme ne sait même pas s'il est dedans ou dehors. Tellement c'est large. Soit parce que leur vagin est comme ça. Soit parce qu'il s'est distendu à force d'avoir été pénétré. Il retire son doigt de son vagin pour en introduire deux, les ressort pour les faire glisser entre ses fesses. Puis il les fait rentrer dans son anus. Ensuite, entre ses deux cuisses serrées, de par la position qu'elle a prise, face à la porte, sur le côté, sur le bord du lit, presque à l'aplomb de la descente de lit tellement elle est sur le bord, il cale son membre, juste sous ses fesses, tout en haut. Et commence, par de lents mouvements de va-et-vient, à frôler l'extérieur de son vagin. « Est-ce que c'est bon ? » Elle se tait. « Dis-moi. » Il continue. « Dis-moi. Dis "c'est bon papa". » Il continue. Il frôle plus fort. « Arrête de bouder. On dirait un gros bébé. » Il lui dit de se tourner vers lui, de le regarder, de l'embrasser. Elle se tourne. Il allume la lampe de chevet qui se trouve sur sa table de nuit avec son paquet de cigarettes et son journal. Il lui dit d'ouvrir les yeux, de le regarder et de lui sourire. Elle le fait. Il lui dit qu'ils vont aller à Carcassonne, à la fin de la semaine, comme il le lui a promis la dernière fois qu'ils se sont vus. Qu'il lui montrera des tombes avec des inscriptions très rares en ibère, et qu'ensuite ils iront voir la maison de famille, où il passait ses vacances quand il était petit, et les endroits, en pleine garrigue, où il restait des heures à rêvasser pendant que les autres enfants allaient jouer. Comme elle dort encore à moitié, il lui dit qu'il va se caresser lui-même, en la regardant. Il arrache le drap, remonte la chemise de nuit en la roulant jusque sous son cou, pour découvrir ses seins. Le tissu de sa chemise roulée autour du cou la fait paraître comme avec un énorme cache-col, épais, encombrant, entre le menton et la poitrine, sur un corps entièrement nu. Elle fait passer l'énorme cache-col par-dessus sa tête, et le laisse tomber sur la descente de lit. Il lui demande de mettre une main sous ses testicules, pendant qu'il caresse son membre. Elle pose sa joue sur son épaule à lui, et allonge son bras droit vers son sexe, qu'il serre dans son poing, tout en faisant aller et venir la peau fripée et mobile autour de la partie rigide. Elle glisse sa main sous ses testi-cules comme une soucoupe sous quelque chose. Mais il veut que cette main soit vivante, il lui dit de les serrer franchement. Sans les écraser. Il sent à peine sa main l'effleurer, il lui dit qu'il doit sentir les doigts opérer une petite pression. Et qu'elle pourrait placer son autre main sur la sienne, celle avec laquelle il se caresse, tout en continuant de bien emboîter ses testicules dans le creux de sa main droite, dans la paume légèrement mais fermement repliée, et sans les écraser. Il ferme les yeux. Les rouvre. Lui dit de le regarder. D'entrouvrir les lèvres, et de continuer tout en le regardant, et en lui montrant sa langue. Elle lève les yeux vers lui. Elle tire la langue. « Non, pas comme ça. À peine. » De sa main libre, il dégage de sa joue une mèche de cheveux. De ses cheveux bruns, fins, emmêlés. Ses yeux ont tendance à se refermer. Il souffle dessus, lui caresse les cils. Puis il lui demande d'embrasser sa bouche, son torse, son ventre, et de glisser sa main jusqu'à sa main à lui, surtout sans enlever l'autre de sous ses testicules. Qu'elle serre maintenant comme il le lui demande, exactement comme il le lui demande. Il lui répète qu'elle a des prédispositions à la sensualité. Il lui demande maintenant de descendre son visage vers son sexe, et de poser juste un petit baiser tendre sur son gland, pendant qu'il se caresse le membre, d'enlever la main qu'elle avait mise sur la sienne en train d'aller et venir, et d'introduire un de ses doigts à l'entrée de son anus à lui. Elle enlève sa joue de l'épaule où elle l'avait posée, pour commencer la descente, vers la poitrine, le ventre, puis le gland sur lequel elle applique un baiser. Il soulève les draps pour la voir. Il lève sa tête pour avoir la meilleure vue possible sur ce qui est en train de se passer dans la petite grotte des draps. Et lui demande, sans qu'elle cesse de le suçoter, de lever les yeux vers les siens, de temps à autre. Sans s'arrêter. Elle suçote le bout de son membre avec sa bouche, comme il lui dit de faire, en levant le regard de temps en temps. Il lui indique de faire tourner sa langue autour du gland. Pendant que, par ses mouvements à lui, il continue à faire monter son plaisir. Puis il retire sa main, sa main à lui, de son sexe, et appuie sur sa tête pour qu'elle descende du gland sur toute la longueur du membre, jusqu'à la garde. Le plus possible. Elle le rentre jusqu'au fond de son palais. Un peu trop rapidement. Le gland heurte sa glotte, ça lui donne un haut-le-cœur, qui lui fait faire un mouvement de recul. Son visage part en arrière. « Non non non non non, surtout, continue continue continue continue je t'en prie. » Elle attend quelques secondes, le temps d'avaler sa salive, reprend. Ravance. Il lui empoigne un sein. Très peu de temps après, il pousse un cri, éjectant le sperme dans sa bouche. Puis il lui dit de remonter son visage vers lui, de reposer sa tête sur son épaule, tranquillement, pour se rendormir. Il lui caresse la joue avec sa main droite, et la hanche avec sa main gauche.

Le lendemain matin, elle ouvre les yeux, ses yeux à lui sont déjà ouverts, il est en train de la regarder. Le jour traverse les rideaux, il pleut, on entend le grésillement des gouttes sur le rebord de la fenêtre. Le regard amoureux, il lui dit qu'il n'a jamais eu avec personne cette sensation au réveil. Cette sensation d'évidence, de naturel. Qu'il n'a jamais vu un regard comme le sien. Qu'il avait perdu l'espoir de rencontrer une femme, un jour, à qui il pourrait tout dire, absolument tout. Tout ce qu'il pense, tout ce qu'il fait, tout ce qu'il est. Dire vraiment qui il est. Sans craindre la bêtise. Le jugement des imbéciles. Des médiocres. Il lui dit qu'il aime Marianne tendrement mais qu'elle a sa vie, ce n'est pas pareil, pas le même choc. Qu'il y a trois formes de rencontres amoureuses. Les rencontres de la raison. Avec des femmes avec qui on fait sa vie. Les rencontres de la circonstance. Avec celles avec qui on partage des moments inattendus, merveilleux.

Frida. Marianne. Les rencontres exceptionnelles. Avec des femmes qu'on ne
peut comparer à personne. Qu'elle
appartient à cette dernière catégorie, la
troisième. Qu'il situe Marianne entre la
deuxième et la troisième. Le drap fait
un pic au-dessus de son sexe. Il sourit,
parce qu'elle vient de lui demander
comment est fait un sexe d'homme à
l'état de repos puisque, à part le sien,
elle n'en a jamais vu, et que le sien est
toujours en érection. Il rit. Puis il lui dit
que beaucoup de femmes aimeraient
bien pouvoir en dire autant. Qu'elle a
beaucoup de chance. Au plafond pend
un lustre en cuivre. Dont les quatre
branches portent chacune une ampoule
en forme de bougie, le bout de chaque
bougie imite la pointe d'une flamme
qui vacille. La pluie s'est calmée. Elle
est allongée sur le dos. Le plafond est
un peu taché par endroits, de façon
irrégulière. Plutôt que de retourner à
Grenoble, il veut faire une simple promenade à pied dans le village. Puis, ils

iront voir une résurgence, c'est son père
qui a dirigé la conception et l'édition
du Guide Michelin de l'Isère, et il a lu,
pendant qu'elle dormait encore, qu'il y
en avait une à une heure de route de là
où ils sont. Mais avant, comme bander
sans pouvoir jamais éjaculer en elle,
comme il aimerait le faire, au point
d'avoir mal, tellement ça tire, à force,
n'est pas facile pour lui bien qu'il comprenne qu'elle veuille préserver son
hymen, il aimerait qu'ils restent un peu
au lit. Il lui dit de ne pas bouger. Il
s'installe dans le prolongement de son
corps, les jambes dépassant du matelas,
dans le vide, il pose sa main à plat sur
son entrejambe, comme si sa paume était
une culotte, une protection hygiénique,
il lui dit que son vagin palpite, comme
un cœur. Puis il enlève cette main.
« Laisse-moi sentir ton petit cœur. » Il
met son nez entre les poils pubiens qui
protègent la fente. Et, le menton appuyé
sur le matelas, entre ses jambes à elle, il
appuie sur les lèvres avec son nez, puis

prend un peu de recul, ouvre l'orifice avec ses doigts, et replonge. « Humm. » Il dit qu'elle a une odeur très fraîche. Elle tourne la tête sur le côté. Les grosses lunettes rectangulaires en écaille sont posées sur la table de nuit. À travers l'épaisseur impressionnante des verres, le marbre apparaît déformé, en décalage, comme coupé du reste de la table, comme un morceau cassé, les marbrures zigzaguent. Il glisse une main sous ses fesses, et introduit le pouce dans son anus. Elle se cabre. Il lui dit de se détendre. Que ça ne fait pas mal, qu'il a mis un seul doigt, que c'est peut-être l'ongle qui la gêne. Il enlève son pouce et le remplace par l'index. Il enfonce un peu plus loin. Il relève le menton, sort sa langue de sa bouche pour lécher son vagin. Que, depuis le début des vacances, il appelle sa fontaine fraîche. À intervalles réguliers, il s'arrête. Lui dit combien cette fontaine est agréable et fraîche. Il insiste pour dire qu'il le fait rarement. Que beaucoup d'hommes ne le font jamais. Que beaucoup de femmes dégagent des odeurs tellement fortes qu'on dirait du poisson pourri. Qu'il ne le fait jamais à sa femme, parce que le sien sent le poisson pourri. Que celui de Marianne est frais. Et qu'il aime lui faire. Mais le sien, encore plus, exceptionnel, comme une fontaine en plein été. Il dégage ses poils avec sa main restée libre, la laisse un instant posée à la pliure de la cuisse, puis la fait monter jusqu'à la ceinture, sous le nombril. Entre deux doigts, il pince son ventre, sa taille, prend un bout de chair, le lâche, en saisit un autre juste à côté, et parcourt comme ça tout son flanc gauche. Puis, il remonte cette main plus haut. L'autre, celle dont l'index tournoie à l'intérieur de son anus, est toujours bloquée au bas de son corps à elle. Puis il lui répète que son doigt n'est pas gros, que c'est juste l'ongle qu'elle sent. Il le retire. Laisse sa main écrasée sous les fesses, et avance la main libre jusqu'à son sein gauche, lui dit qu'il est plus gros que l'autre, plus lourd, et que la forme de ses seins est parfaitement adaptée à ses mains. Son bras est tendu vers le haut de son corps, pendant que, dans un bruit de succion, il aspire les petites lèvres vers l'intérieur de ses joues, les lâche, prend du recul, lui parle, met deux doigts à l'intérieur de son vagin, et opère des va-et-vient rapides, le plus loin possible vers l'intérieur, jusqu'à taper l'utérus, les doigts s'avancent au maximum, jusqu'à la dernière phalange, puis se retirent comme une mitraillette qui recule, et ravancent, dans des bruits de clapotis, qui lui rappellent à elle des coassements de grenouille, des gargouillis de ventre, ou de plomberie d'évier qui se vide après qu'on a retiré la bonde, ou de bouche, quand on fait claquer la langue avec les lèvres sur un rythme rapide. « Tu aimes ? » Il ralentit. Il écarte les doigts à l'intérieur de son vagin, les referme, réaccélère. « Dis-moi "c'est bon". » Il accélère. « Dis "c'est bon papa". » Il

100

pousse ses doigts, comme s'il ignorait la limite de ses propres phalanges, affole le rythme. « Dis-le. Dis-le s'il te plaît. Dis-le-moi. Dis-le. » Il retire ses deux doigts, et rentre, avec un de plus, il en met trois, puis quatre. Les clapotis ont cessé. À droite du lit, son sac de voyage à lui est posé contre le mur. C'est un sac de taille moyenne, en grosse toile écrue, avec deux baguettes en bois qui se rapprochent pour la fermeture, et une poignée en cuir naturel. Les os de ses jointures cognent le coussinet des grandes lèvres. « Dis-le. Dis "c'est bon papa". » Elle le dit. « Humm. Oui. Encore. Dis-le encore. S'il te plaît. Encore une fois. » Il sort les quatre doigts qu'il avait enfoncés jusqu'à la garde. Remet ses lèvres en position, ne cessant pas de lui pétrir le sein gauche, avant de coller sa bouche et de pointer sa langue vers l'intérieur de son vagin. « Dis-le encore. » Il lèche l'intérieur, déborde avec sa langue vers la pliure des cuisses, dès qu'il la ressort. Puis descend encore. Jusqu'au creux de ses genoux il humecte sa peau par un chemin de salive, puis remonte. Là, il se redresse, en prenant appui sur ses coudes et sur ses mains, pose son menton sur son ventre à elle, sous ses seins, puis rampe en tendant son visage vers le sien. Et embrasse sa bouche avec ses lèvres trempées, elles ont un goût particulier. Puis il prend un peu de recul. « Regarde-moi, dis "c'est bon papa" en me regardant dans les yeux, tourne ton visage vers moi, regarde-moi et dis-le. Montre ta bouche. » Elle le dit. « Mon grand amour, tu veux bien te retourner maintenant. » Elle reste sur le dos. « Retourne-toi. » Elle se met sur le côté, la joue sur l'oreiller, un bras glissé dessous. Se collant derrière elle, il la fait basculer vers le plat du matelas, son ventre à elle contre le drap, l'ayant poussée avec son poids. Puis caressant son dos un instant. Elle est à plat ventre. Le visage tourné de profil, la joue posée sur son coude replié. Il s'assoit derrière elle, à califourchon sur ses cuisses, caresse son membre tendu au-dessus de ses fesses, en lui disant qu'elle a un très beau dos, avec de belles épaules larges. Et une belle peau uniforme. Sans tache disgracieuse, aucun grain de beauté, aucun défaut. Il lui dit de tendre la main vers sa table de nuit à lui, celle qui est contre le mur, d'ouvrir le tiroir, et de lui passer le tube de vaseline, qu'ils ont acheté la veille à la pharmacie. Elle soulève sa tête de l'oreiller, déplie son coude, étend son bras jusqu'au tiroir de la table de nuit, sur laquelle les lunettes aux verres épais sont toujours posées, avec leur effet flou sur le marbre, veiné de rouge, et sur les lignes qui zigzaguent à la surface. Elle décale un peu son buste, de quelques centimètres, pour atteindre le bouton du tiroir, le tire, glisse ses doigts à l'intérieur, elle tâte le fond, les côtés, pour trouver le tube, elle tâte, le trouve, le saisit, et le lui tend. Il enduit son membre largement, abondamment. Puis fait couler une grosse goutte de produit dans la raie de ses fesses à elle, afin de préparer le passage de son pénis. Il lui dit qu'elle a tort d'avoir peur. Que beaucoup de femmes ont mal parce que la plupart des hommes ne savent pas le faire. Que Marianne aime le faire avec lui, qu'ils se sentent bien quand ils le font, et qu'elle dit qu'il est un des rares hommes qui sache le faire. Il lui demande de surélever son bassin. De se mettre sur ses avant-bras. La tête entre ses bras. « Pas à quatre pattes. Pas comme ça. Mets-toi sur les avant-bras. » De poser sa poitrine sur le matelas, de monter ses fesses vers lui, à genoux, comme si elle plongeait vers l'avant, dans le matelas. Il lui dit qu'on appelle ça « en levrette ». Qu'elle est belle. Avec ses belles fesses bien écartées. « Oui. Comme ça. » Il pose la main à plat sur le trou dans la raie ouverte de ses fesses. Ferme les yeux un court instant. Les rouvre. Prend son membre avec sa main droite, pour pouvoir le diriger, l'autre est posée sur sa hanche à elle. Il regarde

le trou dans lequel il s'apprête à viser.
Et qu'il ne veut pas rater. Lui dit de
bien se détendre. De passer sa main
par en dessous, sous ses fesses, entre ses
jambes, vers lui, juste une seconde, pour
tenir son membre pendant qu'il la
pénètre, au début, pour se rendre compte
de ce qu'il fait, et être rassurée. Et de
bien se remettre ensuite sur ses deux
avant-bras. D'écarter et de détendre au
maximum les muscles dont elle se sert
quand elle va aux toilettes. De bien les
ouvrir et les détendre. Pour être bien
offerte. De ne surtout pas les contracter
si elle ne veut pas avoir mal. Et il commence à introduire son gland, d'abord
entre les deux globes de ses fesses bien
écartées, il n'est pas encore entré dans
l'anus, il est juste à l'orée, mais elle se
réaplatit d'un coup sur le matelas, et
resserre les fesses. Il lui fait remarquer
que ce sera peut-être la seule fois qu'elle
le fera dans sa vie. Que c'est peut-être
la seule occasion qu'elle aura de le faire.
Là. Aujourd'hui. Dans toute une vie.

Que la plupart des femmes ne le font jamais. Ne connaissent pas. N'ont jamais l'occasion de le faire. Que très peu d'hommes le font. Qu'elle a là une possibilité qu'elle n'aura peut-être jamais plus de toute sa vie. Qui ne se représentera peut-être pas. Et que si ça se représente, au moins elle l'aura déjà fait. Il lui dit qu'il l'aime. Et n'a aucune raison de lui faire du mal. Qu'il veut son plaisir. Aux questions qu'elle se pose, il lui répond qu'il ne voit pas en quoi ce qu'ils font pourrait compromettre son avenir, et la gêner plus tard dans sa vie amoureuse. Qu'au contraire ça l'aidera. Parce que là, au moins, elle voit ce que c'est un homme qui l'aime. Elle s'en souviendra, ça l'aidera dans ses futures rencontres. Elle aura un point de comparaison. Quand elle rencontrera des hommes qui ne l'aimeront pas, elle s'en rendra compte. Il lui propose néanmoins de faire une pause, le temps qu'elle se détende, et de reprendre plus tard. Elle est toujours à plat ventre, elle a remis sa joue sur son coude. De l'autre côté, elle regarde vers l'autre table de nuit, sur laquelle est posé son livre de Gilbert Cesbron. Celui qu'elle avait pris la veille est resté dans la deuxième chambre. Elle rabat un pan du couvre-lit sur le bas de son corps. Il le retire. Il se remet à califourchon sur ses cuisses. Il observe ses fesses, en train d'être pétries par ses mains. Il lui dit que les femmes qui ont de très beaux seins, en général, n'ont pas de belles fesses, et inversement. Que quand il était étudiant, pendant une période, il a eu deux maîtresses, qu'il voyait alternativement, l'une avait de très beaux seins, Frida, l'autre des hanches exceptionnelles mais des seins sans intérêt. Que Marianne a de jolies fesses mais qu'elle n'a pas de seins du tout, la pointe, surtout quand elle est érigée, ou mouillée, semble disproportionnée sur un buste entièrement plat, mais que ses tétons sont très sensibles quand il les titille, plus que ceux de bien des femmes épanouies. Elle ne met jamais de soutien-gorge, elle n'en a pas besoin, et il dit que ses seins ressemblent un peu à deux œufs sur le plat, avec juste la pointe, proéminente, dressée au milieu. À cette représentation, il sourit avec tendresse. Répète, comme il le lui a déjà dit, qu'il trouve ça émouvant. Sa femme a des petits seins, mais qui tiennent bien dans la main, qui occupent toute la paume. Il dit que ses fesses n'ont rien d'extraordinaire mais sont sympathiques parce qu'elle fait beaucoup de tennis. Qu'elle va tous les jours à son club, et que pour s'occuper elle y a même pris des responsabilités. Il lui dit que la fois où il a fait l'amour avec Frida et une de ses amies, c'était très tendre, que ce n'était pas prémédité, que ça s'est présenté, que ça s'est fait naturellement, que les choses se sont enchaînées sans avoir été calculées, et que c'est ça qui avait été merveilleux, qu'au début l'amie était gênée, intimidée, quand il était entré dans la chambre de Frida où cette amie était en train de se changer, il lui avait dit qu'elle avait de beaux seins, puis appelé Frida, complimentant devant elle son amie, lui avait pris le poignet, et dirigé la main vers le buste en question, l'amie était surprise, mais elle avait fini par accepter, et se laisser aller. Que des moments comme ceux-là il n'en a jamais eu avec sa femme. Mais qu'elle a beaucoup de qualités. Qu'elle est très gaie et très compréhensive. De son côté il ne l'empêche pas de faire ce qu'il lui plaît, qu'elle a un amant, un garçon qu'il connaît, un type sans intérêt. Il change de position. Il se relève de ses cuisses à elle sur lesquelles il était assis, et s'allonge. Il se met sur le dos. Collant son flanc contre son flanc à elle, toujours à plat ventre dans la même position, la joue posée sur le coude replié, le visage dans la direction de la porte, les yeux entre sa table de nuit et son sac de voyage à lui posé contre le mur. Il lui demande à l'oreille de venir s'asseoir à

son tour sur lui, à califourchon. Elle se
déplace. De rester droite, et de prendre
ses deux seins dans ses mains. Comme
si elle les lui présentait. Il sourit. Il lui
dit qu'ils sont très beaux, et qu'il ne sait
pas lequel choisir. Il la vouvoie. Lui dit
qu'il y en a un qui est plus gros que
l'autre. Mais que le plus petit est mieux
formé, qu'il hésite sur son choix. Que
le plus gros est moins bien formé,
moins galbé, moins dressé, plus rond,
plus affaissé, mais plus appétissant, pré-
cisément à cause de son imperfection.
Puis, qu'elle peut les relâcher, et les laisser retomber sur sa poitrine. Il lui
demande si elle sait comment on fait
pour savoir si une femme a de beaux
seins. Lui explique que la femme doit se
tenir droite, comme elle est là, qu'on
glisse un stylo sous chaque sein, que si
le stylo tombe c'est qu'elle a des beaux
seins, alors que si le stylo tient… Il lui
demande de se pencher vers lui.
« Encore un peu. Plus. » Et de balader
le bout de ses seins sur son torse à lui.

« Humm. » Il lui dit qu'elle est douée, sensuelle, qu'il aime ses gros pamplemousses, qu'il ne faudrait pas qu'ils soient plus gros, car ils ne tiendraient plus dans sa main. Il met sa main devant son visage, à la hauteur de ses yeux. Et lui fait remarquer qu'elle n'est pas très grande. Il la lui présente paume à plat, doigts serrés. Comme contre un mur invisible. Lui dit de poser la sienne dessus. Ils sont paume contre paume. La sienne à lui est plus grande. Mais la forme, identique. Ils ont exactement les mêmes mains. Les mêmes pieds aussi. Il saisit ses seins. Dit qu'ils sont adaptés à la perfection à la taille de ses mains. « Regarde. » Il écarte les doigts, qui enserrent chacun des globes. La chair ressort dans les interstices, puis il desserre le poing, libère le sein, le reprend, s'amuse de sa matière mobile, de son élasticité, sa main semble avoir le pouvoir d'en modifier le dessin, le modelé, la densité, en pressant le dessus, le dessous, le côté, à volonté, de les faire paraître gonflés, dégonflés, par un côté ou par l'autre, comme les deux têtes d'un sablier qu'on peut retourner, comme s'il jouait avec une balle de pâte à modeler d'une souplesse exceptionnelle, qui se prête comme rien d'autre à son désir de triturer, les faisant ballotter, l'un et l'autre entre ses deux mains, les bousculant tour à tour, comme le boxeur, qui fait valdinguer entre ses poings d'un côté puis de l'autre, dans un coin du gymnase avant de monter sur le ring, le ballon fixe sur lequel il s'entraîne, mais que lui, au lieu de taper dessus comme un sourd, ne bourre que de petits coups affectueux, comme dans un édredon en duvet d'oie, moelleux et qui ne risque pas de perdre ses plumes. Il tire sur le bout. Reprend toute la quantité en une poignée. Tire dessus. Re-malaxe. Prend du recul. Regarde. Recommence. Fait ballotter. Comme s'il ne pouvait plus s'arrêter. Avec le regard de quelqu'un qui est seul dans ses pensées, un instant déconnecté. Puis il lui dit de se retourner. De s'asseoir à califourchon sur lui, mais à l'envers, de l'autre côté, la tête vers le pied du lit, en direction de la fenêtre, les jambes repliées de chaque côté de son corps à lui, et les fesses en arrière, placées bien ouvertes sur sa poitrine, un peu comme pour le 69, mais cette fois plus loin de son visage, qu'il surélève, en repliant et ramenant l'oreiller sous sa tête. Puis il casse son cou, le menton sur la poitrine. Et observe la double ouverture qu'il a en ligne de mire. Devant la fenêtre, entre la télé et le fauteuil, à côté duquel est posé son sac de voyage à elle, marron clair en simili-cuir, souple, avec une fermeture Éclair sur le dessus, se trouve un petit guéridon avec un pied en fer forgé, et une tablette en verre fumé, sur laquelle se trouve un soliflore vide et un cendrier publicitaire. Les doubles rideaux jaune et marron à moitié ouverts encadrent le voilage, qui floute la vitre et fait apparaître le jardin comme derrière un nuage transparent, une cloche en verre plus ou moins dépolie, plus ou moins propre, plus ou moins sale, qui a l'air de protéger quelque chose de plus ou moins irréel ou réel. Au premier plan, sur le rebord de la fenêtre, deux pies, et leur jacassement agressif, plus loin le torchon orange qui bat toujours au vent, et le fauteuil en châtaignier tombé par terre les quatre fers en l'air. Dans le coin gauche du jardin, avec certaines branches qui retombent chez le voisin, un lilas qui refleurira dans quelques mois. Comme celui qu'il y avait dans son jardin, quand elle était petite. Il y avait un grand jardin devant leur maison, qui allait jusqu'à une rivière, une grande allée descendait jusqu'à cette rivière, où toute petite, un jour qu'elle faisait du vélo dans l'allée avec son tricycle en pédalant à toute vitesse, elle était tombée n'ayant pas su freiner, prise, emportée qu'elle était dans son élan, elle était tombée dans l'eau avec son vélo, puis était sortie en larmes avec sa jupe trempée, sa mère accourait du fond de l'allée, dans son jardin il y avait un lilas, un cerisier, un pêcher, des fraises, des iris, un prunier, des poiriers, et au bord de l'eau un lavoir dans lequel sa mère se mettait pour laver le linge dans l'eau de la rivière. Quand il y avait un oiseau mort dans le jardin, un enterrement était organisé sous le cerisier. Il lui dit de reculer un peu ses fesses, il plante son nez dans la raie, colle sa bouche grande ouverte sur les grandes lèvres, les écarte, observe, lui dit qu'il les tient écartées pour qu'elle puisse y enfoncer son doigt elle-même, et sentir comme l'intérieur de son vagin est chaud. Elle le fait. Elle passe sa main entre leurs deux corps collés, sent ses muqueuses capitonnées, et la remonte par le même chemin. Il change de position. Il lui dit de rester comme elle est, à plat ventre, la tête en direction de la fenêtre, pendant que lui s'extrait de dessous elle. Il s'assoit sur le matelas, se déplaçant vers le centre, puis s'allonge en travers du lit, et pose sa tête sur sa cuisse. Les yeux au plafond, une main sur sa cheville, et les jambes dans le vide au-dessus de la descente de lit, comme ça, dans cette position, perpendiculaire par rapport au lit, il lui dit qu'il était mélancolique quand il était petit garçon, qu'il partait tout seul dans la garrigue, rêvassait des heures, pendant les vacances d'été, quand avec sa mère et son frère il quittait Paris pour le Midi. Puis que sa mélancolie a disparu. Qu'il a cherché une épouse allemande volontairement, pour l'attention qu'elles portent aux hommes, que ça aurait pu être une Japonaise, mais qu'il voulait une de ces deux nationalités, avec une préférence pour une Allemande, pour la culture et la langue. Il lui parle de leurs amis, surpris de s'apercevoir qu'il a de l'humour quand il l'accompagne à un dîner, qu'il aime rire, qu'il est gai, qu'il est drôle, l'image qu'ils ont d'un intellectuel est celle de quelqu'un d'ennuyeux, ils sont surpris d'être détrompés. Pour lui donner des exemples de son genre

116

d'humour, il lui raconte une scène qui a eu lieu à la cafétéria de son bureau récemment. Il était assis au bar, un type arrive, voit sur le comptoir un pain plus ou moins en forme d'étoile, il demande au serveur si c'est une étoile. Celui-ci répond qu'il n'en sait rien, va servir un peu plus loin, puis revient. Entre-temps le type est parti. Le serveur demande aux gens accoudés au bar où il est. À ce moment-là, lui, en désignant le pain sur le comptoir, répond, « il est parti parce qu'il n'était pas sûr que ce soit une étoile ». Il lui demande de se retourner, de se mettre face à lui. De le regarder. Ses lèvres ressemblent à celles de l'acteur Jean-Louis Trintignant, fines, étirées. Il a le même sourire. L'intervalle entre son nez et sa lèvre supérieure est assez large. Ses cheveux sont châtain foncé, fins, ondulés, souples. Il n'a pas un seul cheveu blanc. Les mèches de devant retombent en un pli souple sur le côté. Celles de derrière descendent un peu sur la nuque. Ses yeux sont glauques au sens propre du mot. Vert bleu marron, un mélange indiscernable, petits, en amande. Son nez a un bout un peu carré. Il entrouvre les lèvres sur des dents de fumeur, petites, bien rangées, bien dessinées, régulières, mais jaunies aux interstices. Il est de taille moyenne. Un mètre soixante-dix-sept, soixante-dix-huit. Il lui dit de ramasser le tube de vaseline qui est tombé sur la descente de lit de son côté à lui, de le lui passer, et de se remettre à plat ventre, mais pas comme tout à l'heure, sans relever ses fesses, normalement, à plat. De ne pas bouger, de ne rien faire, qu'il s'occupe de tout. Il se place à genoux derrière elle. Il prend un oreiller, le place sous son pubis pour surélever son bassin, « détends-toi bien surtout », il prend le tube de vaseline, et avec une coulée bien fraîche lui caresse l'anus avec son doigt enduit, il étend la coulée bien largement, fait rentrer une partie du produit à l'intérieur du trou et bien sur le pourtour, et termine en en

enduisant son sexe. « Respire bien. » Il
veut entrer tout doucement, pendant
qu'elle expire, pour que ça ne lui fasse
pas mal, mais la prévient qu'au début
avant que le trou s'élargisse, la pénétra-
tion peut lui paraître un tout petit peu
douloureuse, que tout va bien se passer
si elle se détend et s'ouvre. Il lui dit de
surélever son buste pour qu'il puisse
saisir ses seins dans ses mains, lui
demande de creuser ses reins, de se ren-
verser un peu plus en arrière, en prenant appui sur ses avant-bras, pour que
lui ait l'espace nécessaire entre le matelas et son buste pour pouvoir fermer et
ouvrir ses mains sur ses beaux seins. Elle
prend appui sur ses avant-bras, creuse
le dos. Comme ça, en appui sur ses
coudes, elle relâche sa tête, qui pend
vers le bas, accrochée à son cou. Il lui
dit que ses tétons lui chatouillent le
creux des mains. Elle voit. Avec sa tête
relâchée, elle voit ce qui se passe sous
elle. Elle voit les doigts malaxer la poitrine, transformée par la pesanteur en

119

deux cônes attirés vers le bas. Elle redresse la tête, voit le mur en face d'elle, pendant qu'il commence à s'enfoncer. Sur le mur il y a un crucifix avec un brin de buis séché. Il est athée. La première fois qu'il le lui a dit, elle, qui quand elle a fait sa communion a pleuré quand le cortège commençait à approcher de l'autel, au point qu'elle n'arrivait même pas à former sa bouche, et à faire avancer ses lèvres, pour souffler sur son cierge, dont elle devait éteindre la flamme, comme ç'avait été prévu à la répétition, à ce moment-là, en allant vers l'autel, juste après avoir pris chacune la main de leur mère, qui les rejoignait au milieu de l'allée pour finir la marche avec elles, a été interloquée. Il lâche ses seins. Lui dit de se remettre à plat, complètement, ventre sur le matelas, de ne plus s'appuyer sur ses avant-bras. Elle serre trop les fesses, dans cette position, elle contracte. Il s'allonge sur elle, sur son dos, lui plaquant le ventre et le buste sur le matelas. Elle avance ses avant-bras sous l'oreiller, et redresse la tête. Il fait rentrer le bout de son pénis dans son anus. La vaseline rend le passage plus facile que la veille parce qu'il en a mis plus. Son membre disparaît dans son anus jusqu'à la moitié. Il le frotte à l'intérieur. Ressort, en partie. Puis rentre, bien au fond. Et éjacule. Après quelques allers et retours. Elle relâche sa tête, s'effondre. Elle pleure. Il va chercher une serviette dans la salle de bain, revient dans la chambre pour lui essuyer les fesses. Il lui dit d'arrêter. Le volume des pleurs augmente. Il lui dit de ne pas crier. Elle est en sanglots. « Moins fort. » Il lui dit qu'elle est ridicule. Qu'avec ses gros sanglots on dirait une toute petite fille. Une toute petite fille avec des gros sanglots. Elle a des hoquets. Il lui dit que c'est un comble. Elle renifle. Elle se retourne sur le dos. Prend appui sur ses mains, pour s'asseoir dans le lit. Toujours en pleurs. Elle pose les pieds sur la descente de lit. Et sort de la chambre pour aller prendre sa douche dans la salle de bain. Il se baisse vers le sol pour ramasser *Le Monde* de la veille qui était tombé sur la descente de lit, met deux oreillers derrière son dos, déplie le journal devant lui, commence à lire, puis se lève, et l'emporte aux toilettes.

Elle sort de la salle de bain, un peu calmée. Avec une serviette enroulée autour de la taille et un t-shirt propre. Elle se met devant l'armoire grande ouverte pour choisir ses vêtements de la journée. Les bruits d'effort de quelqu'un qui pousse sortent de derrière la porte fermée des toilettes. Il pousse. Puis il souffle. Elle va dans la cuisine, pour prendre les clés de la voiture dans le cendrier. Puis sort de la maison, ouvre le coffre, et dans un carton trouve *Vie et langage*, la revue dont il lui a parlé, celle où est publié son article sur la prononciation du W. Il y a son nom dans le sommaire, et en face, *Le « w » est-il une lettre française ?*. Elle s'assoit près de la fenêtre qui donne sur le jardin, dans le petit fauteuil. Il y a cinq ou six pages, illustrées par le dessin à l'encre d'un W, tiré d'un dictionnaire ancien, chaque jambage est orné, chantourné, redoublé. La couverture de la revue est orange et noir, le V de *Vie et langage* raye toute la page, comme si c'était une aile, un oiseau qui s'envole. Un bruit de chasse d'eau indique qu'il va bientôt sortir. Il sort. Entre dans la chambre. La voit en train de lire sur le fauteuil près de la fenêtre. Lui dit que certaines phrases ont été censurées par les éditeurs. Par exemple, pour dire que les journalistes de la télévision eux-mêmes se trompaient dans la prononciation du W en français, il avait écrit à l'origine « les incorrigibles de l'ORTF qui ne voient pas plus loin que l'ombre portée par la tour Eiffel », cette phrase a été supprimée, il lui montre l'endroit où elle aurait dû se trouver. La reconstitue pour elle en entier. Il prend son pantalon en velours marron dans l'armoire, un polo propre et un pull. Elle sort de la chambre pour aller aux toilettes à son tour. Une odeur très forte et inconnue la saisit.

Ils n'ont plus le temps d'aller faire un tour dans le village avant de déjeuner, ni d'aller voir la résurgence sur le chemin du restaurant qu'il a réservé la veille, il fait un détour pour s'arrêter dans un bourg et acheter *Le Monde*. Ils arrivent au restaurant, ils passent leur commande, il choisit des cèpes suivis d'un Chateaubriand béarnaise saignant, puis déplie la double page qui cache son visage. *Aucun chef d'État européen n'assistera aux obsèques de Franco.* Dessous, *M. Giscard d'Estaing se rendra à Madrid pour l'intronisation de Juan Carlos Ier.* La salle de restaurant est quasiment vide. Un serveur apporte des olives. Ils sont assis à une table ronde entièrement juponnée, il enlève son mocassin, pose le pied contre son entrejambe, tout en lisant il appuie dessus, par petites pressions répétées, comme sur les coussinets d'une patte de chat, comme si ses orteils, et la base de son pied, cherchaient à s'y pelotonner, il replie à moitié une des pages du journal pour voir ses yeux, lui sourit. Il lui dit qu'elle est plus jolie que tout à l'heure. « Souris-moi. » Qu'il faut qu'elle arrête de pleurer comme ça. Avec des gros sanglots, des hoquets, en reniflant comme une toute petite fille. Le serveur apporte la sole qu'elle a commandée, il prépare les filets, les détache de leur arête principale, pose l'assiette devant elle, un deuxième serveur dépose le Chateaubriand devant lui et la sauce béarnaise à côté dans une petite casserole en cuivre. Quand ils ont fini, ils sortent, ils font quelques pas dans la rue. Son manteau en cachemire gris et beige frôle les jambes de son pantalon. La souplesse du tissu lui bat les mollets pendant qu'il fait quelques pas autour de la voiture en fumant une cigarette, avant de remonter pour partir. Quelques kilomètres après la sortie du hameau, il se gare sur le bas-côté et coupe le moteur. Il l'embrasse. Il pose ses lèvres au-dessus de sa lèvre supérieure à elle, l'humecte, la mordille, la saisit entre les siennes, puis pose sa bouche près de son oreille, dessus, puis à l'intérieur. Ensuite il lui ouvre les lèvres comme on écarterait des pétales de fleur pas encore ouverts. Puis il se réinstalle sur son siège. Reprend la route, lui dit qu'il a ressenti tout à coup un énorme élan de tendresse pour elle. Il appuie sur l'accélérateur. Il lui dit qu'il est contre les limitations de vitesse, qu'en Allemagne il n'y en a pas sur les autoroutes. Puis explique qui est Franco, elle a demandé qui c'était. Il compare l'Espagne avec la Grèce, puis avec l'Italie, la Suisse, la Hollande, l'Angleterre et l'Allemagne. Il lui parle de Nietzsche. Il cite une phrase de lui en allemand qui signifie que tout être a intérêt à persévérer dans son être. Dénigre la langue anglaise pour son imprécision. Affirme que la langue allemande est précise, et beaucoup plus douce qu'on ne le croit, lui dit qu'à ce propos il connaît une blague. Alors, avec un accent allemand très suave, très doux, il dit « *die Vögel singen in den Wäldern* », en souriant, puis, avec un accent guttural terrible, dur, « lessoisseauxchanttentdanslaforrêt ».

Le lendemain matin, il pose un coussin sous ses fesses, pour que son pubis soit surélevé. Il prend sa main, saisit son index, dit qu'il va lui montrer comment elle doit faire pour se donner du plaisir à elle-même. Les rideaux sont à moitié tirés. À travers le voilage bat toujours le torchon orange, détrempé par la pluie. Le fauteuil en châtaignier renversé n'a toujours pas été ramassé. Au plafond, ni le lustre ni les lampes de chevet ne sont allumés. La seule lumière vient du couloir de l'entrée. Mais, tout à coup, on frappe à la porte. Il lui dit de rester dans la chambre, et de ne pas bouger. Il ramasse son pantalon, enfile un polo, ouvre la porte, le voisin lui demande s'il peut garer sa voiture un peu plus sur le côté, car il ne peut pas passer. Il va chercher les clés dans le cendrier de la cuisine. Il jette sur ses épaules son manteau qui lui bat les mollets, après avoir vérifié que la porte de la chambre est bien fermée, puis sort de la maison, gare la voiture plus près du mur, et revient. Réinstalle le coussin sous ses fesses pour surélever son pubis. Il reprend son index dans sa main, le pose sur son clitoris. Le lui fait bouger. Il lui imprime un rythme, lui fait faire des petits mouvements circulaires, puis des tapotements rapides. Lui dit qu'il la regarde. Qu'il trouve merveilleux qu'elle accepte de le laisser la regarder dans cette position, les jambes écartées. Ensuite, dans son vagin il introduit son index à lui. « Humm. » Il lui demande si elle a déjà eu envie d'embrasser sur la bouche son amie d'école, celle dont elle lui parle tout le temps, et dont les parents sont viticulteurs. Il lui dit de la lui décrire physiquement. Lui demande si elle a de gros seins, comment sont ses fesses. Elle la décrit. Puis il lui demande quels sont ses goûts en beauté masculine, lui donne les siens en beauté féminine, avec des exemples pris sur des acteurs et des actrices, lui parle de sa fille, Charlotte, dit qu'elle commence à avoir des petits seins, que c'est mignon. Secoue la tête, l'assurant qu'il n'a jamais eu le moindre désir pour elle. Il raconte en souriant que Chachou (il répète le mot, elle n'a pas compris, précise que c'est son surnom et que tout le monde dans la famille l'appelle comme ça) se plaint parce qu'elle dit qu'elle a des grosses fesses. Il se lève, tout d'un coup, va ouvrir l'armoire. Il prend quelque chose dedans, revient s'asseoir dans le lit, lui tend une enveloppe. « Tiens, c'est pour toi. » Elle la prend, se redressant au milieu du lit pour s'asseoir à côté de lui. « Regarde à l'intérieur. Ouvre-la. » C'est une photo. C'est lui qui l'a prise. Une photo de sa fille, Charlotte, et de son fils, Fabrice. Qu'il a pensé à prendre avant de partir et qu'il oubliait de lui montrer. Le petit garçon est blond. La petite fille est châtain clair. Ils sont photographiés dans le

parking de leur immeuble. Ils sourient,
devant des garages à volets roulants.
Elle penche la tête vers son frère. Au-
dessus des garages, on voit les premiers
étages de l'immeuble, qui est en pierre
de taille. Elle porte un manteau écos-
sais. Elle a la même bouche que lui. Le
même sourire, les mêmes lèvres étirées
à la Jean-Louis Trintignant. Le petit
garçon porte un anorak vert avec une
fermeture Éclair de la même couleur,
remontée jusque sous son menton. Il a
la même bouche lui aussi. On les voit
tous les deux jusqu'à la taille. La photo
est prise de biais. À cause du cadrage,
l'angle en bas à droite de la photo a l'air
de reposer en pointe sur le sol du parking. Elle l'observe de longues minutes
sans rien dire. Il lui dit qu'elle peut la
garder. La lui reprend pour la poser sur
sa table de nuit, à côté de son livre de
Gilbert Cesbron. Il s'assoit en tailleur
devant elle en croisant les jambes derrière ses fesses, s'approche au maximum
pour coller son sexe contre le sien. Il lui

dit qu'il aime ses poils. Que sa toison est aussi jolie que celle de Marianne mais pas dans le même genre, moins touffue, moins sauvage. Il sourit. Comme quelqu'un qui pense à quelque chose et ne sait pas s'il va le dire… Il la regarde, il la fixe, ajoute qu'avant de partir il a dit à Marianne qu'il allait en Isère, qu'il lui avait déjà parlé d'elle, qu'elle était au courant de son existence, mais là qu'il lui a fait comprendre à demi-mot – il regarde un instant par la fenêtre par-dessus son épaule à elle avant de remettre son regard dans le sien – ce qui se passait entre eux, qu'il en a dit juste assez pour qu'elle comprenne. Qu'elle a compris. Il met sa main gauche derrière sa nuque, sous ses cheveux, prend son cou, pour déposer sa tête sur l'oreiller, doucement, en la faisant basculer sur le dos, pour qu'elle soit allongée. Il introduit un doigt dans son vagin et un autre dans son anus, en lui demandant si ça lui fait mal. Il embrasse sa bouche. Elle détourne la tête pour respirer. Il s'excuse d'avoir oublié de lui dire que quand on s'embrasse sur la bouche on respire par le nez. Il relève sa chemise de nuit en cache-col autour de son cou. Pose ses mains sur ses seins, se met à quatre pattes au-dessus d'elle, glisse son membre entre ses deux seins. Il lui dit de toucher son membre, pendant qu'il fait des mouvements de va-et-vient entre ses seins, puis il se met à genoux, les jambes de chaque côté de son corps à elle. Il avance son sexe vers sa bouche. Il ouvre ses lèvres avec son gland, qu'il introduit à l'intérieur, après lui avoir dit de bien ouvrir les dents, il l'enfonce dans sa bouche, le plus possible au fond du palais. Elle secoue la tête. Fait des signes avec sa main, pour montrer qu'elle étouffe. Il ressort son membre. Et jouit sur sa poitrine. Puis, étale son sperme sur ses seins. En lui disant qu'ils ne tombent pas. Que les femmes, qui ont des gros seins, souvent, quand elles sont allongées, dessus c'est plat et ça fait deux grosses boules retombant de chaque côté du torse, parce que leurs seins sont gros mais n'ont pas de tenue. Et que dans ces cas-là, au toucher, souvent, c'est flasque et pas très agréable.

Il vient de se souvenir que la veille c'était son anniversaire. Ils vont passer à Vizille pour acheter le journal. Puis aller chercher quelque chose à Grenoble pour elle. Ils prennent la voiture. Sur la route, il lui demande son avis sur la peine de mort, sur l'Europe, sur Giscard, sur l'émancipation des femmes. À Grenoble, ils entrent dans une bijouterie, ressortent avec une montre en argent, qui a un bracelet rigide et un cadran beige, puis ils se promènent dans les rues en se donnant le bras. Elle prend une photo de lui dans un square. Il a son blouson en cuir marron, son pantalon en velours côtelé, il est de trois quarts par rapport à l'objectif, un pied en avant. La tête un peu penchée sur le côté. Ils s'arrêtent au restaurant. Il déplie le paravent. Sur la première page, *L'Avenir de la péninsule Ibérique*. Et plus bas, *Ajar refuse le Goncourt pour* La Vie devant soi. Sur le chemin du retour, dans la voiture, il lui demande si elle se souvient comment s'appellent les deux côtés d'une montagne. Puis il ouvre le bouton de son pantalon, lui demande de descendre la fermeture Éclair de sa braguette, et de le sucer tout doucement, pendant qu'il conduit. Il pleut. Les essuie-glaces de droite à gauche accompagnent les mouvements qu'elle fait avec sa bouche, de haut en bas, de bas en haut. Elle a des crampes dans les maxillaires, sa position par-dessus la boîte de vitesses n'est pas confortable. Tout à coup, elle repense au rêve qu'elle a fait dans la nuit. Elle se redresse, pour le raconter, se réinstalle sur son siège, elle hésite un peu. Mais elle le raconte. Il lui dit qu'ils retournent tout de suite chercher ses affaires dans la maison. Que lui va aller à Carcassonne, et qu'il la reconduit à la gare pour qu'elle prenne un train et rentre chez elle. Il appuie sur l'accélérateur, l'aiguille des vitesses marque 160. Il ne parle plus. Elle le supplie de ne pas faire ça. De ne pas la laisser toute seule. De l'emmener avec lui à Carcassonne, comme il l'avait promis. Une fois arrivé à la maison, il téléphone à la gare de Grenoble. Il regroupe ses affaires. Il lui dit de faire pareil. Il fait son sac. Elle fait le sien. Elle range la photo dans une pochette intérieure pour ne pas la froisser. Il vérifie que les tiroirs sont vides. L'armoire. Il vérifie qu'ils n'ont rien oublié dans la chambre. Il ramasse *Le Monde* de la veille qui était resté dans les toilettes. Il prend son sac en toile écrue avec la poignée en cuir naturel, le dépose dans le coffre de la voiture. Il met le sien sur la banquette arrière. Il l'autorise à emporter le numéro de *Vie et langage*. Il lui dit qu'il est énervé, qu'elle a été odieuse, qu'elle n'a aucun tact. Qu'elle dit des choses à la limite de l'incorrection. Il met la clé dans la boîte aux lettres, comme convenu avec le propriétaire. Qu'il a prévenu par téléphone qu'il quittait la maison un peu plus tôt que prévu. La voiture démarre. Sur la nationale, l'aiguille marque 140. Il s'arrête devant la gare. Lui ouvre la porte par l'intérieur, puis sort, ouvre la porte arrière, prend le sac marron clair, le lui tend. Il l'embrasse sur les deux joues, lui dit qu'elle n'a qu'à lui écrire, que pour l'instant il est énervé, en colère, qu'il préfère être seul, plutôt qu'avec quelqu'un qui manque à ce point-là de délicatesse, lui raconte un rêve insultant, que là il ne peut plus la supporter, qu'il ne peut plus la voir. Pour une durée indéterminée. Mais qu'elle ne s'inquiète pas, qu'ils vont se revoir, et qu'elle arrête de pleurer. Que ça ne fait qu'ajouter à son énervement. Il l'accompagne jusqu'au guichet pour lui acheter son billet. Il part. Son train arrive dans trois heures. Il y a des courants d'air dans le hall. Et quelques rangées de chaises en plastique sous les panneaux d'affichage, devant le marchand de journaux. À la première page du *Monde*, en grosses lettres noires,

Espagne, l'extrême droite mobilise ses troupes. Autour d'elle des gens vont et viennent. Elle s'assoit sur une des chaises en plastique. Personne n'attend aussi longtemps qu'elle. Les gens mangent un sandwich ou un fruit avant d'aller prendre leur train. Elle a faim, mais elle n'a pas d'argent. Heureusement qu'à ses pieds elle a son sac de voyage, qui est la seule chose familière de toute la gare. Elle le regarde. Et elle lui parle.

CET OUVRAGE
A ÉTÉ ACHEVÉ D'IMPRIMER
SUR ROTO-PAGE
PAR L'IMPRIMERIE FLOCH
À MAYENNE EN SEPTEMBRE 2012

N° d'éd. L.01ELJN000506.A003. N° d'impr. 83158.
D. L. : septembre 2012.
(Imprimé en France)